河出文庫

淫ら妻恥辱の調教

性の秘本スペシャル②

まどかゆき

kawade bunko

河出書房新社

目次

挿画　星　恵美子

淫ら妻恥辱の調教

第一章　秘密のオナニー

初夏の夜。たったいまセックスをしたばかりなのに、佐野美恵子の指は、もう白いシルクネグリジェの下の秘部に伸びていた。

淡いピンクのパンティーのふくらみを軽くなぞるだけでそこが潤み、さらに内腿の付け根から指をくいこませてヌルリとした秘肉に触れると、顎が浮き、ふっくらした桃色の唇が咲き開いた。

息を押し殺さなくてはならないのは夫が隣りで寝ているためだ。

いびきをかきはじめている夫の横で、こうして自ら女陰をいじるのは少し罪悪感もあり、むなしくもある。

切れ長な二重の目もとに長い睫がゆらめく。栗色のセミウェーブの髪をシーツになびかせ、もう片方の手を胸もとにあてがい、やわらかな乳房を揉みしだく。白い双丘の谷間はしっとりと汗ばんでいる。

膝を立て、わずかに脚を開いた瞬間、指が秘裂にうもれて下から上、上から下にとすべりはじめた。小さな肉の突起がふくらんでいく。しだいに固さと大きさをます肉豆を親指の先でじわじわとこねまわすと、背筋から脳天にかけて、熱い感覚が走りぬけた。

中指がすっぽりと秘口に埋もれて、ヒダにしめつけられる。ゆっくりとピストンさせると、やがてヒクッと膣口が脈打ち、奥から多量の蜜液があふれでた。

痙攣の直後、目の前が暗くなり、天にのぼるような絶頂感がおとずれた。

「うっ、んっ」

声をもらさないように息を止めると、躰が熱くなり、ひたいに汗がにじみでた。

二十三歳で結婚して十年。美恵子はずっとこの夜の秘めごとを続けてきた。いつもセックスのあとで手淫をせずにはいられない。そうしないと満たされない。

それが夫、健治との性生活だった。

健治とは大手販売会社でOLをしていたころに知り合い、二年の交際後に結婚した。性格はまじめで穏やかで、読書と旅好きな彼にやすらぎと信頼を感じた美恵子は、この人とならうまくやっていけると思い、プロポーズに応じたのだ。

夫は取引先のコンピューター会社の営業課に勤めるごく普通のサラリーマンだった。二年後に女の子が生まれた。晴香と名付けた。結婚、出産、育児……誰もが味わう女の幸せを経験して、何事もなく毎日が過ぎていった。

ところが娘が小学校に入学したころから、美恵子の日常生活にひとつの異変が起きた。女、三十三。そろそろセックスに燃えはじめてもいいころなのに、美恵子の場合は反対で、苦痛に思えてならなくなったのだ。

さらに今まで空気のように接していた夫の体臭、癖、会話のすべてに嫌悪を感じてならない。相談した知人からは倦怠期によくあることだと言われたが、どうやら原因は性の不一致にあったらしい。

深く考えもしなかったことだが、行為のあと必ず手淫をせずにはいられない美恵子の肉体の内には、夫との正常な交わりだけでは満たされない淫靡な欲望の種がふくらみはじめていたのだ。

土曜の夕刻。スーパーのレジに並んでいた美恵子は、ふと隣りのレジに立つ男の姿に目を凝らした。

同じ分譲マンションの住人、久保田稔だった。

稔の妻、有紀子とは以前、互いの子供達が幼稚園のころから仲のいいつき合いをしていた。当然、夫の稔とも顔見知りで、音楽家という彼の職業やダンディな印象に憧れの気持を抱いていたのだった。

しかし有紀子が昨年暮れに突然、子供を連れて実家にもどってしまい、その後あっさり稔と離婚してしまった。はっきりした原因はわからない。

仲がよかったとはいえ、他人の家庭の事情についてよけいな口出しなどできない。ただ有紀子の口からたまに、「うちの人の仕事はねぇ、一見、カッコよく見えるかもしれないけれど、時間も不規則で出張も多いから、夫婦だけの時間がなかなかもてないのよねぇ」というようなことを聞かされたことがあった。

離婚後、稔はひっそりと身をひそめるようにして、静かな独身生活を送っていた。

彼と目が合うと、美恵子は頬を赤らめた。カジュアルなチェックのシャツに黒のストレッチジーンズがよく似合っていた。

美恵子の方はカカオブラウンのワンピースに手編みの白いカーディガンをはおり、セミウェーブの髪を後ろに束ねたどこにでもいる主婦の装いだった。

軽くお辞儀をして、ためらいがちに口を開く。

「あの……お買物ですか？」

「うん、やはり女房がいないというのは不便なものですね。実家に行くと言って出ていき、すぐにもどると思っていたらこの始末です。なんとも情けない」

美恵子は返す言葉もなく、作り笑いを浮かべた。稔も苦笑した。

背丈の大きい稔の買い物姿はあまりパッとしない。

「あのぅ、もしよければ、今夜のおかずくらい差し入れしましょうか。大変でしょう」

「いえ、そんなお気づかいなく」

「いいえ、なんならうちに食べに来ていただいてもいいんですけど……」

子供達が幼い頃には、たまにいっしょに食事などしたものだった。だがそれよりも、憧れの稔の買い物姿を目の前にして、なんとなく心がうずいてならなかった。

「いえ、そこまでは失礼です。せっかくの週末ですし、一家団らんのお邪魔をしては……」

「それでしたら、あとでおかずだけ持っていって差しあげますわ。今夜は煮物なんです。だからたくさん作りますから大丈夫。それに毒なんか入っていませんから、安心なさって」

とっさにシラけた冗談を言い、美恵子はにっこりと微笑《ほほえ》んだ。

稔の顔がほころんだのが、なによりの救いだった。

一時間後。出来たての煮物を入れたパックを片手に五階からエレベーターにのり、十階に向かう。近くにいるのにしばらく遠かった友人宅への足取りはなぜかはずんでいた。

見慣れた久保田の表札の下のベルを押すと、パジャマ姿の稔が出てきた。妻と子供の名前が表札から消されていたのが、なんとなく寂しくもあった。

「いやぁ、助かります。本当にどうも」

パックを手渡そうとしたとき、ふと手と手が触れ合った。

「あっ、出来たてだから少し熱いの。気をつけて」

言葉をかけると同時に胸が高鳴った。

「はい、わかりました。あの、よかったらコーヒーでもいかがですか」

稔がすぐに手を引き、そう言った。

「いえ……」

「あ、人妻を勝手に部屋に上げるなんて失礼かな。でも知らない仲じゃないですし、遠慮せずにどうぞ。ちょうどひとりでしんみりとしていたところなんです」

「そうですか……じゃぁ、少しだけ」

稔の誘いを断れなくて、美恵子はためらいがちにサンダルを脱いでキッチンに足を向けた。

妻の有紀子とはかつて互いの家を行き来するほど気さくなつき合いをしていたので、久しぶりとはいえ、まったくの他人の家とは思えない雰囲気ではあった。

「いやぁ、本当にありがとう」

美恵子がテーブルの上にパックを置いた直後に、耳もとに吐息が吹きかかった。

すぐ隣りに、稔が身を屈めるようにして立ち、パックの中身をのぞきこんでいる。

美恵子の目が、なぜか反射的に彼の股間に向けられる。そこを直視すると胸の高鳴りが激しくなり、みるみるうちに頬が紅色に染まるのがわかった。

なにやらジーンと熱いものが恥丘の深淵にこみあげる。たちまち下半身が宙に浮いたように落ち着かなくなった。

美恵子は、知り合ったころから彼に憧れ以上の肉感的な好意を抱いていたのだ。

男と女は不思議なものだ。好意といってもいろいろある。ダンディな性格がいいとか職業が魅力的だとか、美恵子が感じたのはそういうことではなくて、ただ動物的な、肉感的なフィーリングのようなものだった。

（この人となら、イクことができるかもしれない）

それが証拠にこうして躰を接近させているだけでも、秘壺の奥がうずいてならない。冷めていても熱く、穏やかでいても激しく、躰の奥が焼けつくような、恋愛とはまたちがう官能的なときめきだった。

その瞬間、空想の中で稔に衣服を剝かれる彼女がいた。ワンピース、キャミソール、ブラジャー、白いフリルパンティー。すべてを剝かれ、素裸で突っ立っているもうひとりの自分の姿だった。

稔のねっとりとしたまなざしが足の爪先から頭のてっぺんに這う。全身が熱くなり、躰の芯に言いようのない震えが走った。

（ああ、乳房をナメまわされ、大きく両脚を広げられて、花芯に男根をぶちこまれたい……）

「本当にどうもありがとう。お礼に一曲、弾かせてください」

稔の言葉でハッと我にかえった美恵子は、羞恥に言葉もでなかった。

稔が奥の部屋に置かれたピアノに向かい、一曲、奏でてくれた。ショパンのバラード第一番ト短調だった。

たった今しがた淫らな空想にふけったばかりの美恵子の足も、自然とピアノのそばに吸い寄せられた。

稔の指が鍵盤を撫でるかのようになめらかにすべる。泉のせせらぎのごとく繊細で甘美でせつないメロディーも、美恵子の耳には淫靡で官能的な調べにきこえた。

演奏が終わっても心はうわの空で、ぼんやりとしながら拍手を送った。

「素晴らしいわ。すてきな曲ですね」

するとふいに稔に腕を握られてハッとなった。

「弾いてみませんか？」

「とんでもない。お恥ずかしいですけどなにも弾けないんです、わたし」

「猫ふんじゃったくらいなら弾けるでしょう？」

「まあ、ご冗談ばっかり」

美恵子が笑うと、稔は言った。

「僕が教えてあげます」

「えっ、本当に」

「ええ、三ケ月もすれば、かなり上達するでしょう。習いにくればいい。月謝はおかずの差し入れでじゅうぶんですよ。それとも妻も息子もいない男の部屋に誘うなどとは、あつかましい男でしょうか？」

「いえ……お気づかいなく。教えていただけると嬉しいわ。実は前からピアノが弾けたらどんなにステキかしらって思ってましたの。娘は習っていますが、まだそれほど上達してはいませんし……でもいま演奏をお聴きして、本当に弾きたくなってしまったんです」

「よかった。では遠慮なくどうぞ」

美恵子は軽くお辞儀をして玄関に向かった。

「ではこれで……」

ドアを開けたとき、背後から稔の目がワンピースの裾あたりをまさぐっているような気配を感じて、全身の血がさわいだ。

あらためてお辞儀をしてドアを閉めると、ホッとため息がもれた。しかし口もとは妖しく微笑んでいた。


翌朝、ゴミを出したあと、エレベーターの前で稔とすれちがった。エレベーターから降り立った彼も手にゴミ袋を下げていた。

美恵子は「開」のボタンを押したまま、彼がもどるのを待っていた。

「すいません」

少ししてラフなTシャツにズボン姿の稔が、エレベーターに乗りこんできた。

ドアが閉まった。

「昨日はどうも。とてもおいしかったです」

「いえ、お口に合いましたでしょうか」

「それはもう……別れた女房の料理なんかとはくらべものにならないほどですよ」

「まあ、言い過ぎだわ。でも悦んでいただけて嬉しい。もちろん今晩もまた……」

「でしたらかわりにお茶でもごちそうさせていただきますよ」

「そんなお気づかいなく……ピアノのレッスンだけでじゅうぶんですわ」

「ご主人に叱られますか」

「いえ、うちの人はそういうことには無関心なんです。それに今日は釣りに出かけていて、いませんし」

「だったら、近くのコーヒーショップにでも行きませんか」

「はい」

美恵子はまたもや稔の誘いを断れなくて、首をたてに振ってしまった。

「晴香ちゃんは？」

「お友達と図書館に行ってます」

「そう、ならちょうどよかった」

稔が近づく。そして美恵子の背中越しにボタンに手を伸ばして、「でしたらまた一階に下りましょう」とささやく。

そのときふいに、デニムのスカートの下の太ももに異様な感触があった。固くなった男根だった。

美恵子の全身がこわばり、下腹部が異常に熱く燃え上がった。

しばらくその体勢でいて、エレベーターが一階につきドアが開いたときには、彼女のパンティーの一部にしっとりと潤みのつゆが染みわたっていた。

「いやぁ、正直に告白すると、いまもっとも不自由しているのが、三度の食事よりあっちの方なんですよ」

稔がコーヒーカップを片手に、いきなり過激なことを口走った。美恵子の瞳の奥をじっとのぞきこみ、反応をうかがっている。

「でもまぁ、もともとフリーの仕事ですから、夫婦の夜の営みなど、あまり持てなかったんですが。それが離婚の原因といってもいいくらいです。うん、その点、サラリーマンが羨ましい。奥さんのところもそうでしょう。週に一度は満足させてもらっているんでしょうね」

音大出身の稔は演劇関係やバレエ、映画の音楽を中心にフリーで作曲の仕事をしていた。だから地方への出張なども多くて、妻の有紀子も過去に美恵子にグチめいた言葉をよくもらしていた。

「そんなことありませんわ」

美恵子は頬を赤らめた。

「すみません。非常識なことを聞いて、マズかったかな、失敬」

稔が赤くなった彼女にこう付け加えた。

「いけないですねぇ、仕事のせいにしたりして。もちろん、夫婦のセックスの相性が離婚に至った一番大きな原因ですよ。もし相手が奥さんなら毎晩でもＯＫですがね」

美恵子の頬が紅潮した。

「まあ、冗談ばっかり」

「いえ、本気です」

稔が真面目な表情で答えたので、美恵子は躰の芯までカッと熱くなった。

「男はきれいな花を見るとそれを観賞するだけではなくて剥きたくなるものです」

稔のねっとりとした視線が、全身を撫でまわす。

「あ、またまた失礼なことを言ってしまってすいません。話題を変えましょう。実は、失礼のついでにお願いがあるんですが。仲のいいご夫婦の邪魔をして悪いけど、いま手元に浜音楽祭のピアノリサイタルのチケットがあるんですが、おかずを差し入れていただくお礼につき合っていただけたらと思いまして」

「まぁ、でも高いんでしょう？」

「仕事柄、ただでもらったんです。公演はあさってなんですが……つき合ってくれそうな女性もいないですし」

「そうですか。わたしでしたら別にかまいませんが……」

深く考えることなく、美恵子は誘いに応じた。音楽祭にも興味があったが、なにより、

「本当ですか！　ラッキーです」と無邪気な笑みを浮かべた稔を見るのが嬉しくもあった。


一時間ほど雑談したあと、店から出たふたりは花屋に立ち寄った。

「うちのやつが観葉植物をそのままにしていったんで、手入れが大変なんです。あ、これ、なんとなく奥さんのあそこに似てないかな」

稔が手に取り、意味ありげにニヤリと口もとをほころばせたのはピンクの薔薇の蕾だった。

「まあ、いやだわ」

稔は前からその種のジョークを言うことがあったが、からかわれていると思っても、自然に頰が赤らんだ。

さらに薔薇を差しだされて、ためらった。恥ずかしいが受け取らないわけにもいかない。手にしたあと茎を少し折り、ブローチ代わりに手編みのカーディガンの胸にさした。

「ほう」

稔のねっとりした視線がキャミソールの胸の谷間にはりつく。

(乳房をあらわにされ、わしづかみにされて、これでもかと荒々しく揉みしだかれたい

……）

視姦とでもいうのか。そのときも美恵子は彼に躰を剝かれる快感を感じて、淫らな蜜壺を熱くうずかせた。

そんな激しい肉のうずきが通じたのか、マンションにもどり、エレベーターにのったとたんに、稔が美恵子の背中にピタリとはりついた。

うなじに吐息が吹きかかり、背筋に生温かなぬくもりが触れた。

手のひらがスカートの下にスッと伸びてきて、太ももを撫で、パンティーの上からお尻を触りまくった。

「あ……」

美恵子は背筋をゾクッと震わせた。あまりの衝撃に躰がこわばり息もできないくらいだった。

途中でエレベーターが止まり、誰か乗ってきたらどうするのだろうか。

だが稔の手の動きは止まらなかった。お尻を撫でまわしている間に、もう片方の手を乳房にあてがい、美恵子の望みどおりきつく揉みしだいてくる。

「あっ……う……」

短い声がもれでた。

エレベーターが五階に近づく。それでも稔の手は美恵子の胸とお尻から離れない。さらに固くなった硬直が、尻肉の谷間にググッと押しつけられた。

「あっ、ああっ」

はじめて呻き声をあげたとき、エレベーターが五階につき、ドアが開いた。

幸い誰も待っていなかった。もしいたとしても、稔の行為は美恵子の後ろに隠れているために、すぐには発見できないだろう。

稔がボタンを押して、ドアを閉めた。

「あっ、やめて」

美恵子が脚を踏み出す間もなく、稔の手がパンティーの中に差し入れられた。

思わず躰をのけぞらせたが、稔の手はお尻をじかに撫でまわしたあと、スルッと尻肉の割れ目にすべりこんだ。

くぼみに中指がくいこんで、小さな菊の蕾が撫でられた。

「うっ、はあっ、お願い、やめて」

美恵子は頬を紅潮させ、顎を浮かせて唇をかみしめる。

そんな恥ずかしいところを触《さわ》られるとは夢にも思っていなかった。

なのに稔の手はさらに奥へとすすんで、秘毛に囲まれた膣口に触れた。

そこはすでに洪水状態。あふれでる蜜液にぐしょ濡れになり、つゆがパンティーの股布一面に染みわたっていた。

「ふっ、こんなに濡れて……」

耳もとでささやかれ、たちまち美恵子は顔を真っ赤にして唇を震わせた。背筋に熱い衝撃が突き抜けた。

稔の二本の指がハナビラを左右に押し開く。反射的にクリトリスがピンと隆起した。そこを指でこねられ、いじくりまわされる。ヒダの奥からトロトロと淫汁が滴り、たちまち秘芯は火がついたように熱くなった。

そのとき指で膣口を突かれた。グッ、ググッと奥深くまでくいこんで、ゆっくりとヒダをかきまわされる。同時に乳房が激しく揉まれた。

「うっ、あっ、あっ、ああんっ」

美恵子は立っていられずに、思わずドアに手をつきよりかかった。

「や、や、やめ……ああ……」

やめての一言が素直に口から出ない。指の動きがあまりに巧みで、クリトリスは大きくふくらみヒクヒクと脈打っていた。

エレベーターはいつの間にか十階について、また階下に向かっていた。

指は子宮底を突く勢いで抜き差しされた。

「あっ！　あうっ」

呻き声をあげたとたんに、美恵子はハッとなった。七階で人が待っていた。

ドアが開いて、男性がひとり乗りこんできた。

稔の手はすぐに美恵子の躰から離れた。しかしパンティーの中はぐしょ濡れで、かすかに淫臭が漂うような密室の雰囲気だった。

男性がそれとなくあたりを見まわす。

秘壺を濡らした美恵子の羞恥は、一気にふくれあがった。すぐにでもエレベーターを下りて、ここを逃げ去りたい、そう思った。

しばらくして一階につき、男性と共にふたりはひとまず外に出た。

だが男性の姿が消え去るなり、稔はまたもや美恵子をエレベーターの中に押しこんだ。

そしてさっきと同じ行為が繰り返された。

五階を過ぎて十階。十階から下って八階にさしかかったあたりで、美恵子はついに絶頂に達してしまった。

それでも稔の指は蜜壺から抜かれず、五階に到着してはじめて、彼女は解放された。

ドアが閉められた直後、稔が淫汁にまみれた中指をおいしそうに口にくわえたのを目にして、激しい羞恥と快感に身を震わせたのだ。

その夜の美恵子は、ひとり布団の中で身悶え続けた。自らの指で秘所を慰めても、一度火のついた激しいうずきは静まるどころか逆に燃えあがるばかりだった。

(ああ、もう自分の指ではダメだわ。夫のモノでも満たされない。満たされることのできるのはあの人のあの淫らな指と、そして男のモノ……ああ!)

目の前にまだ見ぬ稔の男根が押しせまったとき、美恵子の躰は薔薇色の恍惚感に包みこまれて、ガクガクと尽き果てた。

第二章 フェラチオ天国

二日後。あんな出来事があったにも関わらず、二人はそろって音楽会に出かけていった。場所は都内の〈島田ホール〉で、午後七時からはじまり九時に終了した。そのあとは予約してあったフレンチレストランに足を向けた。

二人ともフォーマルな装いで、美恵子のレモンイエローのイブニングドレスは稔の目を虜にしたようだった。大胆なスリットになっており、歩くたびになやましい美脚がのぞいて見える。イヤリングとバッグ、ハイヒールは装いに合わせてレモン系のものを身につけた。

稔のアイボリーのサマースーツ姿も凜々しかった。お互いにそういう盛装で会ったことがないだけに、よけいに目を奪われ合った。

「とてもいい演奏だったわ。来てよかった」

席につき、美恵子が笑顔を向けると、稔もうなずきかえした。

「どの曲が気に入りましたか?」

「そうねぇ、ショパンの幻想ポロネーズかしら。なんとなく胸にジーンと響いて、躰が震えてしまって」

「そうですか。あれはショパンが別れを決意したときの曲なんですよ」

「そうなの」

「ショパンは二十六歳のときにジョルジュ・サンドという女流作家と出会い、翌年には恋愛関係になるんです。〈スケルツォ第二番〉はその恋愛のころに作られた曲です。迷いを思わせる短いフレーズとそれを振りきるかのような激しいフレーズの対話から始まります。そしてせつないメロディー、瞑想的なメロディーを経て、多彩に変化しながら爽快な終わり方をします」

「さすがプロですね」

「ちなみに、サンドは男勝りの骨太な女性で、病弱で女性的なショパンは、当初はあまりいい印象を持たなかった。しかしそれが次第に互いを求め合うようになるというのは、S女性とM男のそれに通じるものがあるのかもしれません。音楽家の男性には性的に倒錯したものを持っている人が少なくないんです」

そのとき互いに目が合い、美恵子は恥ずかしくなり視線をそらせた。心の中で(もしかしてあなたも……)とつぶやきながら。

稔がなぜ突然、エレベーターの中であんないかがわしい行為をしたのかはよくわからないが、美恵子の躰も素直にそれに応えていたのは事実だった。でなければ、今夜この席にいっしょに座っていることなどないだろう。たぶん、ふたりの躰が磁石のように強烈に吸い寄せられたせいだと彼女は思った。自分が稔の肉体の虜になりつつあるのが目に見えていたからだ。

ふたたび目が合うと、彼が口もとをほころばせた。なんとなく卑猥な薄笑いに近かった。

稔の視線が美恵子の足もとから上にゆっくりと這うような感じだった。

そう思っただけで、美恵子のドレスの下の淡いピンクのシルクパンティーの一部がじわじわと潤みはじめた。予想どおり、視線は胸からまた下にきて、下腹部の中心あたりでぴたりと止まった。

全身を目で剝かれ、犯されているのがわかった。

(ああ……やめて……わたしその視線に弱いの)

しかし悶える美恵子を前にしている稔の表情は逆にクールだった。

「それで今夜、ご主人にはなんと言って出てきたんですか?」

「お友達と音楽会に出かけると言ってきました」

冷静に答えたつもりが、声がうわずっている。

「僕のことは言いましたか?」

「いいえ、なにも話してませんわ」

「故意に?」

「ええ……」

「そうですか。ということは、今宵は二人だけのお忍びの夜ということですね。では白状します。はっきり言って、このまえ奥さんとスーパーで会ったときから、躰がうずいてどうしようもなかったんです。これは事実です」

稔の言葉の裏に、はっきりと下心を感じた美恵子だった。もちろん嬉しかった。いけないことだが、彼に求められたらたぶん容易《たやす》く応じてしまうにちがいないと感じていたのも事実だ。

だが彼はその夜、彼女をホテルに誘わなかった。

期待していたものが崩れ落ちてしまった、美恵子はそんな心境だった。自然に会話も少なくなり、マンションに向かう足取りも重くなった。

「楽しかったです。ありがとう」

マンションまであと少しという並木道のところで、稔が足を止めてささやいた。時刻は十一時をまわり、あたりに人影はなかった。

「いえ、こちらこそ……」

美恵子が少し寂しそうに、顔を合わせずに答えると、ドレスの脚もとにスッと生温かな感触が触れた。セミロングだが裾がスリットになっていて、まくりあげやすいタイプだった。

「あっ」

稔がストッキングの上から太ももをまさぐり、耳もとに吐息を吹きかけてくる。

「濡れてるんでしょう」

期待の瞬間と淫らな言葉に、美恵子の躰はカッと熱く火照《ほて》った。

「どうなんです?」

稔の口調が荒々しくなり、手が淡いピンクのシルクパンティーの中心部の上をモゾモゾとうごめく。

思わず躰を後ろにそらせると、パンストの内ももの付け根あたりを爪で破られ、指をパンティーのくいこみに突っこまれた。

「したくてしたくてたまらないんでしょう。どうです?」

「あっ、ああやめて……」

「だったらここで脱いで見せてください」

いきなり言われて、美恵子が首を横にふると、彼はさらに指を中にくいこませて、無理やり秘裂を左右に押し開いた。そしてヌメった肉のハナビラを二本の指にはさんで、しこしこと上下にしごきはじめたのだ。

「う、いや、ああ、ああっ」

「ほら、こんなにぐっしょり濡れてるじゃないですか。ほら、ほらぁ」

二枚の肉薔薇がクネクネと指の間でこねまわされて、さらにきつく引っぱられた。

「あ、う、うっ、うーんっ」

たちまち秘肉に埋もれていたクリトリスが隆起し、秘芯から恥ずかしいほどに蜜汁があふれでた。

「さぁ、ここでこのぐしょ濡れのパンティーを脱いでみせなさい。あなたの上品な顔の下に隠れた化けの皮をはがしてあげましょう」

いやと首を振ったものの、有無を言わせぬ稔の言葉に、美恵子は次第に恍惚となり、自制心を失っていた。

「ああ……許して、恥ずかしい」

熱い吐息をもらしながら、口とは逆にドレスの下に手をしのばせ、裂かれたパンストといっしょにゆっくりとパンティーを膝まで下ろす。

その先はもう無我夢中だった。そしていつの間にか足首から抜いたパンティーを手にして、朦朧とした状態で突っ立っていた。

夏とはいえ、ドレスの下からすきま風が吹き抜け、むきだしの秘毛を撫でる。

すると稔がパンティーを奪い取り、そっと鼻先に押しあてた。

「うーん、いやらしい雌猫の匂いがする。これがあなたのアソコの匂いですか」

どんな匂いかわかっているだけに、彼に目を細めてつぶやかれると、美恵子はたちまち背筋が震えて羞恥のどん底に突き落とされた。

さらにわざとシミのついた股面を広げて舌を突き出し、淫猥な動きをしてみせる稔だった。

「ああっ、やめてぇ」

じかに秘部を愛撫されるよりも恥ずかしい光景だった。

しかし、背後に人の足音が聞こえると、稔はとっさに美恵子の肩を抱き寄せ、

「これは僕がもらっておくことにしよう」

と耳もとでささやき、丸めたパンティーを上着の内ポケットに押しこんだ。

手を引かれて、美恵子はノーパンのまま歩き始めた。

ようやくマンションにつき、エレベーターの前に立つと、躰が震えて足がすくんだ。予感というより、悪夢のような現実が刻々と押しせまっていた。

ドアが開く。地面にはりついた足がこわばると、後ろから背中を突かれて、無理やり密室に閉じこめられた。

先日の淫らな光景が頭の中によみがえり、躰の芯が熱くうずいてならない。

怯む美恵子をドアを背にして立たせて、稔が言った。

「もうがまんできないんだろう。どうなんだ」

答えずにいるといきなり指を秘芯に突っこまれて、乱暴に抜き差しされた。ズブズブと指がピストンされる。

「ひぃっ」

呻きとも悲鳴ともつかない短い叫び声がもれて、美恵子は立っていられなくなり躰をよろめかせた。

稔は同じセリフを繰り返したあと、グチュリと秘芯から指を抜き、美恵子の頭を押さえつけて、その場にしゃがみこませた。

ズボンのファスナーがおろされ、いきりたつ肉棒がむきだされる。

頭を押さえつけられた美恵子は、否応なしに唇に硬直をあてがわれた。

と漂う。

「ぐっ」

はじめて目にした彼のモノは、想像以上に太くて大きかった。生臭い肉の匂いがプーン

「しゃぶってみなさい」

やさしいが命令調だった。

美恵子はためらった。しかし髪を静かに撫でられ、唇に肉棒を押しつけられているうちに、自然に口が開いた。

舌先が先端に触れたとたんに、大きなため息がもれでた。カリ首を舐めまわし、肉竿にそって撫で下ろし、また撫で上げて、先端を口に含むと、肉棒がピクピクと脈打った。それから奮い立つ男のモノをゆっくりと根もとまで押しこみ、口中で舌をクネクネとうごめかす。

「ううっ、うまいじゃないか……おお、最高だ」

稔が腰を浮かせてつぶやいた。彼の手は美恵子の頭から離れて、ダラリと垂《た》れている。にもかかわらず美恵子は自ら熱くなって彼の肉棒をしゃぶりつくしていた。

もうここがどこか、どういう状況かさえもわからなくなるほどに躰は高揚していた。

唇からグチュグチュ、ピチャピチャという淫らな音がもれていた。

ドアを背にしているからまだいいものの、もし誰かに見られたら、死ぬような恥をさらすことになる。

唾液にまみれて、先走りの液が口内に染みわたる。それを喉の奥に流しこんでは、舌先でぬぐう。

エレベーターはすでに十階を往復して、また上に向かっていた。ひとつだけひやひやしたのは、十一時を過ぎると防犯のために各階ごとにエレベーターが止まり、ドアが開くことだった。

九階につきドアが開くと、ハッとして肉棒を口から抜き、後ろを振り返る。誰もいないのがわかると、稔に頭を押さえつけられて、また硬直を口に含む。

口の中で硬直がふくれあがると、

「自分の指であそこをなぐさめてみなさい」

と稔がささやいた。

「がまんできないだろう。さぁ、早く」

（ああ、そんないやらしいこと……）

顔を真っ赤にする美恵子に稔はつけ加えた。

「できるだろうが。きみは淫乱だ。自分でもよくわかっているくせに……」

たちまち躰の芯をカッと熱くうずかせた美恵子は、言われるがままに、自らの指を濡れた秘部にしのばせた。

「うっ、ううっ」

こうなればもう稔の操り人形だった。まるで媚薬でも飲まされたかのように、勝手に指が動きだしていた。

ヌルヌルしたハナビラを指先でこねつつ、糸をひく蜜汁を固くなったクリトリスにこすりつけて撫でまわす。背筋をジーンとした激しい快感の電波が走り抜けた。

「んっ、んぐーっ」

硬直を口にしたまま背筋をのけぞらせると、またもや稔が淫らな言葉を浴びせかけた。

「どうだい、下の口も上の口みたいにふさいでもらいたいかい?」

美恵子はさらなる羞恥に躰を震わせる。

(ああ、いや、こんなの恥ずかしい……)

口に硬直をくわえこみ、ドレスの裾をまくりあげ、両脚をMの字に広げてオナニーを披露している恥ずかしい場面を、もし誰かに見られでもしたら……そう思うと自虐の悦びに突き上げられて、たちまち絶頂を迎えてしまった。

「んぐっ」

指が秘芯の奥深くをきつく突いたとき、膣ヒダが痙攣してヒクヒクと脈打った。

そしていつの間にか稔の硬直も口の中ではじけて、生臭い飛沫《しぶき》をあふれさせていた。

翌朝、美恵子は夫の健治と目を合わせられなかった。昨夜は興奮と衝撃のあまりに一睡もしていない。

目が腫れて、躰がだるかった。

「それでどうだったの、音楽会は?」

そう聞かれても、すぐに返事ができないでいた。すると娘の晴香が横から口をはさんだ。

「ママ、誰と行ったの?」

とっさに返事ができず、それからあわてて、「お友達よ」と口を開く。

「どこのお友達?」

こういうとき、夫よりも子供の目線の方がなんとなく鋭く感じられた。

「あ、うん、晴香の知らない人よ」

「ふうーん」

怪訝な目をして見つめ返されると、心の奥からやましさがこみあげる。

(本当はあなたのお友達だった亮平くんのパパと……)などと答えられるはずがない。

目を伏せると、躰の芯がカッと熱くなった。昨夜の口淫シーンは、はっきりと脳裏に焼きついている。あれほど興奮したことはなかった。

いつ誰に見られるかもしれないエレベーターの中で、あのようなハレンチ行為に自ら夢中になったとは、美恵子自身にしても信じられないことだった。

しかし起こってしまったものはとりかえしがつかない。夫には申しわけないが、今まで自分の指でしか感じたことのないエクスタシー以上のものを、他の男によって呼び起こされたことは事実だった。

（過去にもっと遊んでいれば……男を知っていれば、またちがっていたかもしれない）

と美恵子は思う。

健治との前につき合った男性は二人ほどいたが、それほど深入りはしなかった。だから夫の健治が初めての男だったのだ。

理想的かもしれないが、逆にこれほど危険なこともない。

結婚は男女の恋愛の終着点である。だが、心が家庭に落ち着けば落ち着くほど、躰に潜んだ危険な欲望の種は燃え上がる。

そんな行き場のない欲求不満の女の匂いを、たまたまセックスに飢えた稔という狼男に嗅ぎつけられたのだと、彼女は思った。

夫を会社に、娘を学校に送りだしてからも、美恵子はずっと罪悪感に苛《さいな》まれた。そして結局、心と躰とはちがうのだ、という結論に達した。

心の中では（とんでもないことをしてしまった）という後悔に苛まれる自分がいても、躰は（もっと、もっと感じたい）と叫んでいる。

それが証拠に、美恵子はその夜もふたたび稔の家をおとずれ、おかずを差し入れしていた。

だが、稔の態度は昨日まではちがっていた。

美恵子は玄関に入るなり手を引っぱられて、キッチンテーブルの上に押し倒された。

「ふん、そんなものより生身の料理の方がいいに決まってるじゃないか。ああ、きみは最高の女だ。もう離したくない」

彼は鼻息を荒くしてワンピースをまくりあげ、あっという間にパンストとパンティーをもぎ取ってしまった。

両足を大の字に開かれると、むきだしの秘肉が左右にぱっくりと割れた。

「あっ、あっ、や、やめてっ」

両手で顔をおおっても、躰は燃えている。秘芯が脈打ち、子宮の奥からじゅわっと熱い粘液があふれだす。

稔が二枚の花弁を指で左右に押し広げて、そこに鼻先を近づけた。

キッチンライトの下で、ふくれあがったクリトリスがうずきをましている。鼻先が触れたとたんに、ヒクヒクと脈打ちはじめた。

「はあんっ！」

恥ずかしい呻き声がもれでた。

稔にクンクンと匂いを嗅がれて、さらに恥辱的な言葉を浴びせられる。

「うーん、たまらない。この酸味の強いチーズの匂いといい、サーモンのような色艶といい……最高に熟しきっている。どれ、味見してみるか」

舌先がこりっとした肉のボタンに触れると、背筋に痺れが走った。

「うっ、う、んっ、はあっ」

思わず背筋がそりかえる。

肉芽が舌先で撫でころがされて、次に裂け目にそって舐め下ろされた。

ハナビラにねっとりとからみつく舌の動きは羽根筆のようにソフトで巧みで、ヒダの奥からはたえまなく蜜汁がしたたった。

ジュルジュルとお汁が啜りあげられたあとは、舌がべっとりとハナビラに吸いつき、円を描いて舐めまわされた。

「あっ、あっ、う、ううーん」

下腹部の奥から言いようのない快感が押し迫ってくる。このままずっと愛撫されていたいとうっとりと目を閉じたとき、秘裂から舌が離れて、今度はそこにとんでもない衝撃が走った。

二本の指がヒダにくいこみ、大きく膣口を開かれたかと思うと、稔がテーブルの上に置いてあった籠の中からにんじんを一本手にして、それを美恵子の鼻先に突きつけた。

「どうかな、これで締まり具合を試してみるとするか」

美恵子の背筋に震えが走った。

「うっ、いやっ、いやぁっ」

とっさに身を起こそうとしたが、彼に馬乗りになられた状態にあり、どうにもならなかった。

躰の奥底から淫らなうずきが突き上げてくる。

すぐに二本の指が抜かれて、かわりにたったいま目にした赤いにんじんが膣口に突っこまれた。

「ひっ、あんっ！」

眉をしかめて身をよじらせると、自然に唇が半開きになった。

グッ、ググッと奥深くにんじんが埋めこまれて、同時に抜き差しがはじまった。

「うっ、うっ、あうっ」

少しでも摩擦を軽くしようとお尻を浮かせると、ファックの勢いで腰が前後にゆさぶられた。

「ふっ、腰までふって……そんなにいいのか、感じるのか。さあ、もっともっといやらしく悶えてごらん」

あまりのピストンのすごさに、ピチャピチャと恥ずかしい音がもれはじめた。

「うっ、はあっ、あ、ううーんっ、ああ！」

呻きと共に、唇のはしから唾液が滴り落ちた。こんなにひどいことをされているというのに躰は今までにない快感の嵐に渦巻いている。

「はあっ、ああっ、やめてっ」と言いながらも、腰の動きは激しくなるばかりだった。

稔の人差し指がむきだしのアヌスに触れた。蜜液に潤んだそこはヌルヌルしていて、膣口の動きに合わせて小刻みな収縮を繰り返している。

その蜜にまみれたすぼまりが指で揉まれたあと、ググッと口を開いた。

人差し指がくいこんで、ゆっくりと摩擦がはじまったのだ。

「ひっ、ひっ、許してっ」

よだれまじりに究極の声をもらす彼女に、さらなる淫辱がくわえられた。

今度は籠の中からごぼうを手にした稔に、それを指のかわりにお尻の穴に突っこまれたのだ。

「あー、ああーっ」

美恵子は眉をしかめて、唇をきつくかみしめた。あまりの痛みと屈辱に、悲鳴にも似た呻き声は次第にかすれて力をなくしていった。

細長いゴボウが肉ヒダを行ったりきたりする度に、排泄感をともなう鋭い痛みが脳天に突き抜ける。そしてじょじょに痛みはうずきと快感を共にした。

稔がにんじんの方に美恵子の手を導き、抽送をうながした。

美恵子が震える指先で膣口に埋めこまれたにんじんを握りしめて、おそるおそる前後に動かす。

「う、はあーっ、あ、あ、ああっ」

「どうだい、指でするよりもいいだろう、ん？　どうなんだ、答えなさい」

頬が紅潮して、恥ずかしい質問を浴びせられた躰はふたたびうずきの頂点に突きあげられた。

「ああいい、とってもいい」

小さな声でささやいたそのとき、秘芯がヒクッと脈打った。続けて痙攣の大津波がおとずれて、美恵子は唇からよだれをたらしたまま、薔薇色のアクメに包みこまれた。

だが、淫辱は終わらなかった。

「さあ、今度はにんじんとゴボウを下の口にくわえたまま、肉棒を味見するんだ」

稔が悠々と椅子に腰かけて、ズボンのベルトをゆるめて硬直をむきだしにした。

美恵子は無理やりかがまされて、天井を向いてはちきれんばかりの肉棒を目の前に突きつけられた。

それを口にほおばった瞬間、躰の芯から言いようのない恍惚感がわきあがった。

舌先を亀頭の割れ目に押しあてたときにはもう無我夢中だった。ピチャピチャといやらしい音をたてて、舌筆がペニスにからみつく。

口にほおばり、摩擦をはじめると、グチュグチュと淫らな響きがもれた。

「うまいか、どうだ、うまいだろ」

稔のささやきに、美恵子は躰で応えずにはいられなかった。

（ああっ、おいしい……ああ、これがほしかったの。あたしがほしかったのはこれ、ひたすら野蛮で無分別な男の肉の感触、これだったのよ！）

膣ににんじん、アヌスにはゴボウを飲みこみ、口にペニスをくわえて悶える美恵子は、もはや完全に理性を失ったただのメス猫と化していた。

テーブルの上では出来たての肉じゃがが口をつけられずにポツンと置き去りにされている。

「ああ、最高に気持ちいい。うう、きみのお口ですっきりとしたら、ゆっくりとホンモノの手料理をいただくとするか、ああ……」

吐息も荒く稔がつぶやく。

その声すら耳に届かぬくらいに、美恵子は必死に口奉仕を続けていた。

おまけに口だけではがまんできなくなり、自らの指でにんじんを抜き差しさせた。

「う、う、うぐーっ」

滴る唾液と同時に秘口からは蜜汁があふれでて、顎と内腿はぐっしょりと濡れていた。

グッ、グッ、ググッ……激しくにんじんを突き入れたとき、二度目の絶頂に突き上げられた。

「あっ、あっ、あーっ、わたし、わたし、イ、イクぅー」

美恵子の呻きに合わせて、稔も腰を浮かせて大きく躰を震わせた。

「うっ、ううっ！　出る！」

直後、美恵子の喉の奥めがけてドクドクと男のエキスが飛び散った。

「んぐっ」

肉棒を口から離さぬまま生温かなそれをゴクリと飲みこんだ美恵子は、ついに力をなくして床に崩れ落ちた。

時計の針は午後九時をさしていた。

夫も娘も、たぶん家でのんびりとテレビを観ている時間だった。

第三章　アヌスのうずき

すべての窓はカーテンでふさがれ、キッチンにだけ灯《あかり》がともされている。

美恵子はそこで素裸にされて、とんでもない格好をさせられていた。

テーブルの上に屈みこまされ、両足を大きく広げて自らの指で秘肉を左右に押し広げていたのだ。

そして、目の前の椅子に座った稔に股間をじっくりと眺め見られている。

陰毛の一本一本までたんねんに目で撫でまわされて、さらに人差し指の先でクリトリスを突かれると、背筋に激しいうずきが突き抜けた。

「ああ、お願い、もう帰して……」

せつない声をもらして哀願すると、

「ふっ、とか言っても、ここはもっとして……と悦んでいるじゃないか」

と恥ずかしい言葉を浴びせられた。

「見ろ、ぐしょ濡れだろ。見られているだけでこんなになるとは、相当スケベなオマンコだな」

そう言われて指先で陰毛を摘まれ、引っぱられて、二本の指で秘唇をはさまれ上下にきつく揉まれてしごかれた。反射的に肉芽が尖り、秘口の奥がキューンとうずいて、ヒダから淫汁がトロリとしたたり落ちる。

「あっ、あっ、あっ、あんっ、やめて」

そんな淫らな指責めにも躰が自然に応えて、なやましい呻き声をあげてしまうのがなんとも恥ずかしかった。

さらにふくらみをました二枚のハナビラをきつく引っぱりあげられると、

「あっ、ああーんっ」

と喉の奥から発情した雌猫のような淫らな声がもれでた。

「なんだその声は……そんなに気持ちがいいのか、言ってみろ」

稔にいやらしい質問を浴びせられたが、普通に気持ちいいのとはまた少しちがっていた。

すぐ近くに家族がいる場所で、それも主婦の仕事場でもあるキッチンテーブルの上で、このようないかがわしい行為をしている自分と、その恥ずかしい局部を稔に辱《はずかし》められているというマゾヒスチックな快感が指の刺激に加わり、なんともいえないエクスタシーに突き上げられていくのだった。

美恵子は自虐の快感に駆られて、答えずにはいられなかった。

「そ、そう……」

「そうじゃない。気持ちいいとはっきりと言ってみろ」

「うっ……ああ、気持ちいい……もっと、もっとしてほしいっ」

言われもしないのに自らおねだりをしている。

「よし。それなら次は締まり具合を確かめてみるとするか」

稔の口もとがいやらしくほころんで、ハナビラをはさんだ二本の指がゆっくりと下にすべり落ちて、秘芯にくいこんだ。

そして容赦なく突かれた瞬間、あまりの刺激に指をのみこんだ秘口がヒクヒクと脈打った。

抜き差しがはじめられると、グチュグチュという音がもれて、次第にピチャピチャ洪水のようになった。

「どうだ、この濡れ具合は……すごいじゃないか。なんて、なんていやらしいオマンコだ、ほら、ほら」

淫らな言葉とともに指の勢いはますます激しくなり、気がつくと三本の指が膣ヒダに深く埋めこまれていた。

先刻まで自らの蜜壺に触れていた両手はだらりと脇にたれ、目を閉じ、顎と腰を浮かせて唇を半開きにする美恵子だった。

「いいのか、どうなんだ？」

激しいピストンを繰り返されて、美恵子は大きく腰を前後にゆさぶった。

「あっ、いいっ、いい、あっ、ああ、んんっ、イク、そんなことしたら、ああまたイッちゃう、ああんっ！」

呻いた直後にヒダが大きく脈打ち、三本の指の間から愛液があふれでた。

二度目の絶頂のあと、今度は後ろを向かされ、テーブルに両手と額をつき、お尻を高く掲げさせられた。

四つん這いの、このうえない恥ずかしいポーズだった。

それでも淫らな快感に躰を震わせる美恵子を、さらなる淫辱が待ち受けていた。

「よし、前の締まり具合のあとは、後ろの締まり具合を確かめてみるとするか」

その言葉に思わずアヌスがヒクヒクとうずいた。

二本の指でアヌスを広げられて、ゆっくりと揉みしだかれる。

「んっ、い、いや、やめて……」

かすれた声をもらすと、手のひらでピシャリと尻肉をぶたれて、いきなりくぼみに人差し指を突っこまれた。

「あんっ！　うー、んぐーっ」

喉の奥から発情期の雌犬の鳴き声のような悶え声をあげると、指は容赦なく奥にくいこんだ。

しかし第一関節までは無理やり挿入された指が、なかなか先にいかない。

おまけに排泄感がせまり、今にも汚物が飛び出しそうな状態だった。そんな苦痛に、歯をくいしばって耐えるだけの美恵子だったが、口から恥ずかしい言葉がもれた。

「あっ、あっ、で、出る、出てしまうわぁ」

「なにが出るんだい？　ちゃんと言ってみろ」

すると稔は、

「ああっ、いや、いえなーいっ」

美恵子はブルブルとお尻を震わせるが、稔は余裕たっぷりにまた尋ねかえした。

「言ってみろ。ちゃんと言えたら指を抜いてやる」

「そんなあっ、ああっ、いや、ヌイてぇっ、ダメっ、ああ出ちゃうっ」

「なにがだ？」

「あっ、ああっ、いや、ああウ、ウンコが出ちゃうっ」

そのとき指が抜かれて、美恵子はガクッとテーブルの上に倒れこんだ。

「ふっ、お上品な顔をして、よくそんな恥ずかしいことが言えるもんだ。いまの言葉、旦那に聞かせてやりたいものだな」

「ああ、い、い、や……あうう」

さらなる辱めの言葉に、美恵子はしどろもどろになっていた。

「しかしここはしごきがいがあるというものだ。ようし、これからじっくりと拡張してみるとするか」

稔がふたたび尻肉を叩いて、

「さぁ、腰を上げろ」

と美恵子を促した。

「いや……もういや……」

「上げろ。上げるんだ」

抵抗の術《すべ》もなく、強引にお腹を手で押されて、四つん這いの格好にもどされた美恵子は、汗ばんだ栗色のセミウェーブの髪をテーブルの上にたらして、うなだれるしかなかった。

「もっとケツを高くしろ」

先刻と同じように両足を広げてお尻の割れ目を剝き出しにすると、今度はそこになにやら異様なモノが触れた。

「どうだ。短くしてやったから、そのまま歩けるはずだろ」

一瞬、何を言われたのかわからない美恵子は、ただその屈辱と苦痛に身を震わせた。ゴボウが腸ヒダに埋めこまれると、躰を抱きかかえられてテーブルから下ろされ、

「さぁ、ピアノの椅子に座りなさい」

と命令された。

下半身は下着を剝かれた状態だが、ワンピースは脱がされてはいない。

美恵子は背中をこづかれながら、ピアノの前までヨチヨチと歩いた。アヌスにゴボウを突っこまれているから、小股でしか歩けなかった。そしてようやくたどり着くと、「座りなさい」と顎でうながされた。

椅子に腰を下ろしたとたんに、埋められたゴボウがヒダにくいこみ、言いようのない不快感に襲われた。

「あっ、あああっ……」

お尻を浮かせると、稔に肩を押さえつけられた。

ける。

言葉にならない感触だった。お尻の穴から背筋を伝わり、言いようのない衝撃が突き抜
「あぁあ……」

なのに稔は意地悪にも、耳もとでこうささやきかけた。

「さあ、レッスンをはじめよう。まずこれを弾いてみなさい」

バイエルの楽譜を置かれて、指を鍵盤に導かれるが、それどころではない。ひたいに汗を滲ませ、美恵子は震える指で二十一番を弾いた。だが指先に力が入らず、次第に手足がガクガクと震えだす。

「どうしたんだ、もっとちゃんと弾けないのか」

稔にまた肩を押さえつけられて、アヌスから背筋に激しいうずきが突き抜けた。

「あっ、あぁ……もうダメ、堪忍して……」

せっぱつまった声で哀願すると、

「なら、自分のことを淫乱だと認めるかい？」

「あぁ……認めます」

美恵子は仕方なく答えて、頬を赤らめた。

「ならその証拠を見せなさい。片手でピアノを弾きながら、自分の指でオナニーをすると

いうのはどうかな」

（うっ、そんな恥ずかしいことできるはずがない）

　思わず身震いした美恵子だが、結局は彼の言いなりになっていた。

　楽譜を見ながらピアノを弾き、もう片方の指で濡れた秘壺をなぐさめる。鍵盤を弾きつつ、ハナビラを揉みしだき、クリトリスをこねまわす。

「どうした、こっちの指が休んでるよ」

　秘裂にくいこませた方の手を激しく上下に動かされて、美恵子は「ああっ！」と艶めいた呻き声をもらした。

　自然と腰が浮き、もれ出る喘ぎ声を押しとどめることができなかった。そのうずきに押されて指を巧みに動かし、肉芽やハナビラを揉みしだくと、今度は鍵盤の方の手の動きが休んでいると注意されて、ワンピースの上から乳首をひねられ、引っ張られる。

　鍵盤と手淫……どちらにも神経を集中させることなどできはしない。屈辱に耐えてクリトリスを突き、ハナビラを撫でこするうちに、ヒダがまた脈打ちはじめた。

「あ、ああっ……ダメ、ま、またイクぅ、イッてしまいそうっ」

　トクトクッと秘芯が波打ち、三度目の痙攣がおとずれた。

　そして、ようやく地獄のレッスンから解き放たれたと思いきや、床に四つん這いにさせられて、アヌスに埋めこまれたゴボウを抜かれ、さらに秘唇を指でいじられ、濡れた膣口に挿入された。

ジュクジュクというういやらしい音がもれて、異物を抜かれたばかりのアヌスがうずきを増す。

「あっ、あーっ、あん、あんんっ」

たちまち美恵子は、恥ずかしいよがり声をあげていた。

「まったく、こんないい女がすぐそばにいたなんて……。もっと早く手を出すべきだったが、女房の友達だからとがまんしていたんだ。知っていたんだよ、きみがいつもこういうやらしいことを望む目つきで、僕の股間のモノを撫でまわしてたことを……そうだろ？ 正直に答えなさい」

「あ、ああ……そ、そう……」

もはや美恵子の躰は稔の肉の奴隷と化していた。

「もっとちゃんと答えろ」

「い、いやらしいこと、してほしい」

「そうか、ならしてやろう。いやというほどたっぷりとかわいがってやる」

その直後、秘芯に一撃が突き抜けた。

ズブッという音が聞こえて、ハナビラが一気に左右に押し広げられた。

夫のモノより太くて固い肉棒が、膣口の奥深くにくいこみ、暴れはじめた。

「ああんっ！」

あまりのファックの激しさに、美恵子は我を忘れてなまめかしい白い尻肉を前後左右にゆさぶった。温かな膣ヒダの内で、ゆっくりとペニスが摩擦されて、グラインドされた。かと思うと、ふたたび荒々しく乱暴に抜き差しされた。膣ヒダが収縮して肉棒にからみつき、熱く充血して、ジュルリと溢れる蜜を滴らせた。

「あ、もうイク、イクーッ」

美恵子が大きく腰をゆさぶると、グッ、ググッと肉根がヒダの内でふくれあがって、秘芯が大きく脈打った。

極上の快感がおとずれる。もうなにも言うことはなかった。背中に飛び散る生温かな精液、生臭い蜜と果肉の匂い……それらを恥辱のどん底で味わい、美恵子は放心状態のまま、そこにぐったりと身を横たえた。

そのあとはベッドルームに連れていかれて、いやというほど突きまくられた。

両脚を左右に押し広げられて、陰部を眺めまわされ、指でいじられ唇で味見されて、激しく突かれた。

しかし、彼の思いのままになりながらも、なぜか美恵子の躰は熱く心地よかった。この淫交が今までにない強烈な肉体の目覚めと女の快感を導きだしてくれたことは事実だった。

深夜。布団の中で思い出しただけでも美恵子の頬は火照り、躰の芯はうずきだしていた。これまで自分だけの胸に秘めてきたひそかな淫欲が、まさか現実のものになるなどとは思ってもいないことだった。

（まさかこんなことになるなんて……）

そんな淫靡な性の悦びの中で、なぜかふと有紀子の面影が頭をかすめた。

いつも明るく快活で、悩み事などないように見えた彼女だった。ベリーショートのヘアの似合う顔立ちは端整で、プロポーションもモデル並みの彼女は、一見、稔とはお似合いのカップルだった。

彼女はなぜ稔と別れたのだろう。いったいふたりの間になにがあったのだろう。それまで他人事だと深く考えもしなかったことだが、美恵子の心に次第に疑問と罪悪感の種がふくらみはじめていた。

第四章　バイブの快感

あれから週に一度、美恵子は稔のもとをおとずれ、恥辱のレッスンを受けることになった。ピアノの鍵盤と陰部に同時に指を動かすことなど当たり前のこととなり、いつもその後、ベッドルームで裸にされて、いやというほど突かれてイカされた。

ときにはペニスを秘口にくわえこんだまま、犬のように四つん這いになり、部屋中を歩かされたりもした。

ある日のこと。稔がレッスン中にニヤリと口もとをほころばせて、あるモノを美恵子の鼻先に突きつけた。男根の形をした極太の黒いバイブレーターだった。

「さぁ、今日はホンモノを味わう前に、これを口にするんだ」

一瞬、美恵子の躰は震えた。もちろん、このような卑猥な玩具を目にしたことなど一度もないし、考えただけでも胸が熱く、頬が真っ赤に火照った。熱くなったのは下半身も同じだった。

思わず目を伏せると、今度はそれを唇に押しつけられて、無理やり口に含まされた。いやという隙もなく、喉もとまで押しこまれて、ゆっくりと抜き差しされる。

「んぐっ」

苦しくて嘔吐しそうになるのをこらえて、美恵子は必死に唇をすぼめて、恥辱に耐えた。次第に唾液があふれて、唇の端から滴り落ちる。指で拭おうとすると、ピシャリと手を叩かれ、

「指でアソコをいじってみなさい」

と手淫を強いられた。

そのままブルーのミニワンピースの裾を太ももの付け根すれすれにまくり上げて、パンティーの股布に指をあてがい、秘肉のふくらみを撫でまわす。すでに股布は蜜に潤んで、小さなシミをつくっていた。

果肉が厚みを帯びてジーンとうずきだす。背筋にじわじわと快感がこみあげる。

さらにもう片方の手が休んでいるからと鍵盤を叩かされた。

口にバイブ、指で手淫、おまけにピアノのお稽古と淫らな行為を強いられて、やがてパンティーの股布に突起したクリトリスが頭をもたげてはりついたとき、美恵子は自らパンティーを紐のように細くしてきつく持ち上げた。

「はっ、ああんっ、イクっ、イクぅ」

悶え声をあげて、夢中で細くなった布紐を上下にこすりたてる。

唇の端からは唾液がトロリと滴り、秘裂にくいこんだ紐パンティーの端からは愛液があふれでていた。

もはや鍵盤の手が休んでいると叱られても、それどころではない。

「あっ、あっ、あっ、イクっ、イクーっ」

自ら腰を浮かせた直後、思わず鍵盤の方の右手を離し、乳房をきつく揉みしだいた。同時に左手の指が膨張したクリトリスをこねまわす。

「ああーん！　イッちゃう！」

ヒダが大きく脈打ち、たちまち絶頂の嵐がおとずれた。

「味はどうだった？　ホンモノよりおいしかったかい？」

アクメのあと、ぐったりとなった美恵子に稔がささやきかけた。

美恵子がコクリとうなずくと、稔はニヤリと含み笑いを浮かべてさらに言った。

「最近のきみは異常だね。自ら淫らな雌犬になりたがっている、ただの淫乱女のようだ。自分でもそう思わないかい」

どんな辱めの言葉を浴びせられても、今ではそれも言いようのない快感のひとつになってしまう美恵子だった。

躰が「もっといじめて」と叫んでいる。

その証拠に、美恵子はすぐさまこう答えていた。

「そう、わたしは淫らな女……だから叱って」

そんな自分を制御することができなくなっていた。このままいけば危険すぎる。穏やかな生活も夫との関係も、きっと滅茶苦茶になってしまう。そう思ってもどうすることもできない。

怖さの中にも刺激を感じて、さらなる淫事に突き進んでしまうのだった。

「それでは、もっと淫らになりなさい。今度はホンモノを味見したまえ」

バイブを口から抜かれたあと、美恵子は椅子に座った稔の下に屈みこみ、肉棒をくわえこまされ、しつこく口奉仕をさせられることになった。

美恵子は思いきり音をたてて、男のモノをむさぼった。バイブの感触とはまるでちがう。愛撫すればするほど、膨張して固さをます。

「ああっ、もうがまんできないわ」

一瞬、口からペニスを外して、悶える。

「なにが、がまんできないんだ」

「ああ、あそこが熱いの……なんとかして」

目でおねだりをして、ふたたび肉棒を口にほおばり、夢中でしゃぶりあげる美恵子だった。

「よし、そんなに言うのなら入れてやろう。パンティーを脱いで、こちらにお尻を向けなさい」

美恵子はすぐに口淫を止め、躰の向きを変えた。

そしてパンティーを剝ぐと床に手をつき、稔の前に満月の桃尻を突きだした。

尻肉の谷間の陰部はすでにぐしょ濡れになっていた。レモンの端の窄《すぼ》まりのような菊の蕾もヒクヒクとうずいている。赤みがかったラビアがぼってりと濡れて、男の猛りを今か今かと待ち受けている。

だが期待は外れた。秘芯に突っこまれたのは稔の持ち物ではなくて、さきほど味見させられたバイブだった。

「ふっ、すごい濡れ具合じゃないか。こんなに濡れてはコンドームの装着は必要なさそうだ。どれ、動かしてみるか」

スイッチが入れられて、ヒダに埋めこまれた異物が振動をはじめた。

「ひっ、はああんっ！」

美恵子の乱れようは凄まじかった。自ら尻肉を左右にゆさぶり、グラインドさせている。

「も、もっと、もっと、奥に入れてー」

道具が子宮口近くまで押しこまれると、片方の手で膨張したクリトリスをこねまわす。

「そんなにいいのか」

「ああ、あーっ、いい、感じるぅ」

「どこがどういいんだ」

「ああっ、クリクリが固くなって、ああ、痺れてくるぅー、あっ、あっ」

「ふっ、お尻の穴までヒクヒクしてるぞ」

「いやぁ、恥ずかしいっ」

そう言いながらも、腰を淫らにゆさぶる美恵子だった。抜き差しのたびに括約筋がゆるんだり締まったりするのがわかった。そこを指でじわじわといじられた。

「あっ、いやっ」

腰をねじっても、指はさらにすぼまりをこじ開けるようにして、内にくいこんできた。

「あっ、あっ、あっ、いやんっ」

指に引っぱられて、顎を浮かせ、背筋を海老のようにくねらせる。

自らの指でふくれあがった肉芽が痺れの限界を迎え、黒い怒張を飲みこんだ秘口がキューンと縮まり、膣ヒダに火がついた。

「ダメっ、ああっ、またくるぅ」

「それなら自分でしているところを見せなさい。それからイクんだ」

とっさにまた躰の向きを変えさせられた。脚をMの字に開かされ、秘芯にくわえこんだバイブを自らの手で抽送しなくてはならない。

右手でバイブを抜き差しし、左手で固くふくらんだクリトリスをこねまわし、口から啜り泣きのような嗚咽をもらす。

ワンピースはウエストあたりまでめくれあがって、あらわになった白い尻肉が、抽送のたびにゆさゆさとゆれ動いた。

「あ、あ、あぅっ」

「なんていやらしい光景なんだ。こんなところを夫に見られたらどうする？　ふっ、写真でも撮ってやろうか」

稔が、パックリと口を開けて秘具を飲みこんだ卑猥な女貝をのぞきこみながら、ささやく。

「いや、いや、やめて」

「やめてと言いながらも、指は動いているじゃないか」

「ああ、ああっ、いじわるぅ」

たちまち美恵子の背筋を快感の電波が突き抜け、膣が大きく波打ち、極太の黒いバイブをきつく締めつけた。

「あーっ、また、またイッちゃう、ああ、ああっ!」

勃起状態のクリトリスがつゆにまみれて、痙攣をはじめた。

そしてバイブを自らピストンさせながら、稔の硬直を口にくわえてしゃぶり尽くし、またもや絶頂に突き上げられるのだった。

二度目の絶頂のあとは、犬のポーズでお尻の穴にオイルを塗りたくられ、そこにバイブを挿入された。

先端を埋めこまれただけで、激しい痛みと排泄感が押しよせた。眉をしかめ、顔を歪めて腰を振っても、下半身だけは淫辱なる性の悦びに満たされて、しっとりと蜜に濡れていた。

「やめて、お願い、お願い」

バイブを半分飲みこんだ蕾が、大きく凹凸を繰り返す。

「ゆっくりと息をしなさい。もっと力を抜いてゆっくりと……」

抜き差しが始まると、背筋から頭のてっぺんに、菊門を引き裂かれるような激痛が走り抜けた。

「いやーっ」

床についた手足がブルブルと震える。

だが屈辱はそれですまなかった。バイブを受け入れたアヌスの奥のヒクつく秘芯にズブッと二本の指を突っこまれたのだ。

「ああっ、くうーん」

腰をくねらせて悶える美恵子の内ももに、トロリと愛液が滴りおちた。

やがてその指がペニスに変わって、前の口と後ろの口を一度にふさがれることになった。

「ああっ、死ぬーっ」

バイブと肉棒の激しいピストン攻撃に耐えかねて、美恵子はついに床に倒れこんだ。

気が遠くなる中、下腹部の深淵には三度目の絶頂感が押しよせていた。

その日の帰り。美恵子の躰は立つことすらできないほどの脱力状態だった。

汗と体液にまみれた下半身は痺れて、正常な感覚を失っていた。

瞳は潤み、唇は渇いて、意識は虚ろで言葉すら出ない。そんな美恵子に、稔がしたたかにも声をかけた。

「明日から出張で一週間もどれない。その間、きみにはこれを渡しておこう。いいかい、毎朝十時と夕刻の四時に、これを使って自分のあそこを慰めなさい。約束だ。いいな」

バイブを手渡された美恵子は、あまりの羞恥に返す言葉もなかった。

「こ、こんなもの……いったいどこに隠しておけばいいというの」

やっとのことで掠れた声を出すと、稔が口もとをほころばせて、ワンピースの上から美恵子の恥丘を円を描いて撫でさすった。

「そうだな。ふっ、なんならここに隠しておけばどうだい？　ここなら誰にも見つかるまい」

「うっ……ひどいわ、あんまりよ」

その淫らな男の手を払いのけながらも、美恵子は自分がすでに稔の性の玩具になっていることを躰で自覚せずにはいられなかった。

翌朝早く、稔は音楽会の演出の仕事で北海道に発っていった。

後に残された美恵子は彼の言いつけを守り、掃除、洗濯を終えた午前十時にバイブを上着の下に隠してトイレにこもった。

夫は会社。娘の晴香は、部活に出かけていない。稔の命令は、たぶんそういう時間帯を計算してのことだろう。

フレアスカートをまくり上げ、白いレースのパンティーを膝まで下ろしてバイブを秘芯にあてがうと、あまりの恥ずかしさに躰が震えた。便座に腰かけ、蜜園に軽くバイブを押しあてただけで、秘芯がうずいてすでに潤みを帯びている。

「ああ……」

熱いため息をもらして、スイッチをオンにすると、振動の一撃が秘口からヒダを通って子宮口に突き抜けた。

頰を紅潮させ、唇をかすかに開く。

ゆっくりとバイブをヒダの奥深くに埋めこむと、全身が快感の大波にのみこまれていくのがわかった。

乳房を揉みしだく片手が、思わずクリトリスに伸びる。中指の先で突き、こねまわすと、ジーンとした痺れが背筋に走った。

目を閉じると、稔のいきり立つ肉棒が押し迫る。これでもかというほど、美恵子の蜜園を濡らしてうずかせる。

（ああ、どうしてこんなことになってしまったのぅ。どうしてあなたでなくてはいられないのぅ、わたし、夫や子供を欺いてまで、あなたの躰が欲しくてたまらない……入れて……あなたの固くなったモノを突っこんで！　ここにぶちこんで！）

バイブを前後に動かし、さらにヒダを掻くように円を描き、クリトリスを指先でこねまわす。

ジュクジュクという卑猥な音がもれ出た。

「あっ、あん、もうダメ……あ、んっ、んっ、んーっ」

トイレの密室に淫臭が漂う。あふれでた蜜汁がバイブの端から滴りおちる。

アクメのあとはぐったりとなり、まるでぬけがらのような状態で着替えをして、自宅近くにあるコミュニティスクールのパートの仕事に向かった。

週に二回、午前十時から午後三時までの時間帯で、美恵子はそこの受付事務をしていたのだ。

いつもなら昼間のこともあり、パソコン入力等の仕事だけで時間を持て余すことが多いのだが、その日は夏休みとあって本の貸し出しも多くて忙しかった。そんなわずかな時間だけが、稔とのことを忘れられるチャンスでもあった。

しかし利用客が途絶えると、ひとり受付の椅子に腰かけながら、また否応なしに稔との淫らな情景が頭に浮かんで、躰がうずいてならなくなる。おまけに朝のバイブでのオナニー行為もかなり刺激が強かった。

淫らな女の自分と、平静な人妻を装っている自分とどちらが本当の自分なのかよくわからなくなる。稔がいないのに、欲望だけが勝手にひとり歩きしている。

三時過ぎ。家にもどると、おやつを食べた晴香が塾に出かけるところだった。

無性に時刻が気になる。稔に言われた四時がくるのが待ち遠しくもあり、こわくもあった。

やがて夕刻のオナニータイムがやってくると、美恵子はひとり寝室にこもり、ドアに鍵をかけて、そっとスカートの下にバイブをしのばせた。

それからゆっくりと鏡台の前に立つ。

恥ずかしいことだが、自分の淫らなオナニー姿を一度、目にしてみたいというひそかな淫欲もあった。

二度目の手淫は、パンティーを脱がずにやることにした。白いシルクパンティーの股布の上にバイブをあてがう。スイッチを入れて、それをクネクネと秘裂のふくらみにこすりつけては、じょじょにくぼみにくいこませていく。

もう片方の手でスカートをまくり上げると、鏡の中に白い太ももと三角形の股布に触れるグロテスクなバイブが映り、目に焼きついた。次第にそこが潤みを帯びてくる。パンティーの股布に大きなシミがにじんだ。

(あ、いい……感じるぅ)

最初のときとはちがって、自分でもその行為がヤミツキになっていくのがわかっていた。

(ああ、いけないけどやめられないわ、こんな気持ちのいいこと……)

美恵子はバイブを少しずつ秘口に押しこみ、股布がぐしょ濡れになるまで摩擦を繰り返した。さらにがまんできなくなると、パンティーのくいこみからバイブを挿入して、恥丘にこすりつけ、花弁やクリトリスをこねまわした。

肉芽がふくらみ、うずきをます。膣ヒダの奥が熱く燃え上がる。

「あっ、はあぁ……もうダメ、んっ、んんっ、イキそう……」

そのときいきなり電話のベルがなった。美恵子はあわててチェストの上の子機を手にした。バイブは秘口に埋もれたままの格好だった。

「もしもし」

受話器の向こうから、なんと稔の声が聞こえてきた。

「あ、あなた……いったいどうしたんですか？」

「いや、やっているかと思ってね」

「な、なにをですか」

一瞬、美恵子の頬が赤くなり、声がうわずった。

「ふっ、恥ずかしがらなくもいいじゃないか。いまその最中なんだろ、答えなさい」

「んっ……そ、そうです」

あまりの羞恥に、卑猥な女貝がヒクッと脈打った。

「ああ、言わせないで」

また頬が赤らんだ。

「そうか……ということは、今あそこにバイブをくいこませながら、受話器を手にしているということだね？」

「ああ、いや……そんないやらしいこと言わないで……ああん、恥ずかしいっ」

「ふふ、それじゃ遠慮なく続けてごらん」

「えっ」

「バイブを動かして、そのいやらしい音を僕に聞かせてごらん」

「はあっ、そんなぁ……」

しかしバイブの振動でめくれ上がったハナビラは、蜜に濡れてひどくうずきをましている。嫌と言いながらも、結局は稔の思いのままになってしまう彼女だった。

仕方なくパンティーを下げて受話器を秘部に近づけ、激しくバイブを前後に抜き差しすると、ジュクジュクと淫らな摩擦音がもれでた。

「ああっ……ダメっ、いやよ、聞かないで」

「ふふふ、聞こえるよ、なんていやらしい音なんだ……聞いているだけでアソコが勃《た》ってきてしまった。気分はどんなふうだい？　気持ちいいかい？」

「あっ、ああ……よすぎるぅ、気持ちよすぎるわぁ」

美恵子は我を忘れて受話器を顎にはさむと、上着の胸もとから手を差し入れ、ブラジャーの下の乳首を二本の指で締めつけて揉みしだいた。

乳頭が固くとがって、肉芽のようにうずいてくる。

「ああ、いい、ああ、あなた感じるうー」

受話器を手に持ち、バイブをくわえこみブルブルと震える秘口すれすれに近づけた。

「くっ、なんてすごい……いやらしい音なんだ、もうがまんできん、待ってろ、いまコイツをしごきかえしてやるから」

受話器の向こうで、稔が自分のモノを握りしめているのがわかった。

「ああ、あなた……聞こえるぅ？　ああ、ほら、ほらこの音……ああ、すごいでしょ」

「この雌猫め、ハメたがっているな、そうだろ」

「ああ、入れて……ほしいわ、あなたの太くて固いモノを」

ハナビラが大きくめくれあがり、ピンクのヒダをさらしてぼってりと厚みを帯びている。

「よし、それなら目を閉じろ。ほら、入れてやる！」

「あっ、ああっ、ダメっ……あたし、もうイキそう……ああ、イッていい、いいのぅ」

「そらハメてやったぞ！　それそれ！　もっと淫らに腰を振れ」

「あっ、あっ、ああっ」

短い呻き声とともに、バイブの動きが激しくなった。淫らに抜き差しするたびにズブズブという卑猥な音がもれる。

「この淫乱女、どうだ、もっともっと突いてほしいか」

そう言われたとたんに、美恵子は薔薇色の恍惚感に包みこまれて、がくがくと両膝を震わせていた。

「あ、あ、ああ、あなた、イク、イクーっ」

「お、おおっ！」

受話器の向こうの稔の声も、吐精の瞬間を迎えて熱く震え上がった。

バイブの快感は、予想以上にすごかった。稔の男根で突かれるときの悦びとはまたちがい、頭の中で淫らなことをひとり想像できたからだ。

セックスは躰だけではなく、頭でもできると知ったのは驚くべきことだった。

ふだんはごく普通の人妻の美恵子が、そのときばかりは淫乱な雌犬になり、ただひたすら快感をむさぼりつくす様は異様としか言いようがなかった。

だが反対に夫との夜の溝は深まるばかりだった。

このところ、セックスを拒み続けているせいか、夫の健治も美恵子に疑惑を抱きはじめていたのだ。

夫婦の会話もほとんどなく、自然と彼の帰宅時間も遅くなった。

そしてある夜のことだった。

一日二回のバイブの習慣がエスカレートしていき、夜中に躰がうずいてたまらなくなった。

美恵子はこっそりと布団から起きあがり、トイレに行くふりをして静かにチェストの引き出しを開けた。その中に、二枚のパンティーにくるまれた黒いバイブレーターがしまわれていた。それをシルクのネグリジェの胸もとに隠して、忍び足で寝室を出た。ドアを開ける前に振りかえって見た健治は、寝息をたてて眠っていた。

トイレにこもると、すぐに胸もとをはだけ、バイブを乳首に押しあてた。スイッチを入れると、乳首から蜜園に強烈な刺激が走った。

女の性感帯は乳房から子宮につながっている。濡れた秘壺が熱くうずきをましてくる。

まず指先で花弁を揉みほぐして、そっとバイブをあてがった。振動に身をまかせ、軽く深呼吸をしながら片手で乳房を揉み、じょじょにバイブを秘口にくいこませた。

(ああ……いい……ああ……)

躰の奥底から、欲望という名の怪物がじわじわと押しよせる。美恵子を虜にして放さぬ、つかみどころのない欲望の正体がふくれあがっていく。

そのとき、いきなりドアが開いた。

なんと鍵をかけるのを忘れていたのだ。

彼女の目の前に立っていたのは、健治だった。

「なにをしている?」

鋭い目で妻を睨みつけ、呼吸を荒くしている。

美恵子はあまりのショックに呆然となった。

手にバイブを握りしめたまま、スイッチさえ切らずに、ただじっと夫を見つめかえした。

普段はものに動じない健治も、さすがに動揺していた。もちろんその瞬間、なぜ妻がセックスを拒み続けているのかすべて理解できたにちがいない。

「こっちへ来なさい」

腕をつかまれ、美恵子はトイレから出て、寝室に連れていかれた。

それから布団の上に突き飛ばされて、肩をつかまれた。

「なんということだ。こんな玩具で躰を満たしていたのか……亭主のモノよりこれがいいというのか、きみは……なんてふしだらな女だ」

屈辱的な目をして、悔しそうに唇をかみしめる夫を前にして、美恵子は思わずうなだれた。

「許して、あなた……」

「許すもなにもない……。きみが、いったいどうしてこんな淫らな道具にはまりこんでしまったのか、よくわからない」

美恵子は黙りこくった。稔のことは口が裂けても話せるはずがない。しかし健治は繰り返した。

「いったいなぜだ」

妻が何も話そうとしないので、健治はよけいに嫉妬と苛立ちをつのらせた。

「こんな道具がいいのか、俺のモノよりいいのか、おい、おいどうなんだ」

肩を揺すられているうちに、美恵子はコクリとうなずきかえしていた。

「そう……これがいいの、ああ、許して……」

小さな声をもらすと、頬を打たれた。

「なら、してみせろ。俺の前でしてみせるんだ」

突如、別人かと思えるほどに嫉妬に狂った健治が、うずくまる美恵子に押し迫った。

「さぁ、してみせろ。俺の持ち物よりいいところをじっくりと見せてみろ」

「ああっ、やめて」

健治にまた頬をぶたれた美恵子は、髪とネグリジェの裾を乱して、布団の上に崩れ落ちた。

「さぁ、起きるんだ」

髪をつかまれ、夫にすがりつく。

「あなた、晴香が目を覚ましてしまうわ。お願い、落ち着いて。ね、ね、あなた」

しかし健治の嫉妬はおさまらなかった。

美恵子の躰を押し倒し、パンティーを剥ぎ、強引に脚を左右に広げて、蜜に潤んだ淫靡な女陰をあらわにしたかと思うと、バイブを手にして無理やりそこにあてがった。

「試してやる」

スイッチが押されて、バイブが振動をはじめた。濡れた陰毛の割れ目にローズピンクの肉薔薇がいやらしくヌメり、光っている。

その裂け目に太いバイブが埋めこまれて、花弁を左右に押し広げた。

「あっ、んんっ、やめてぇ」

美恵子が両手で健治の肩をつかんで抵抗しても、夫はびくともしない。それどころか、いつもとは人が変わったように攻撃的になっていた。

秘芯に挿入されたバイブが夫の手でピストンされ、さらにヒダを搔かれて、片方の指でクリトリスを揉まれては、いやでも呻かずにはいられなかった。

「ひいっ、あ、ああっ、あなたぁ」

夫がこれほどまでに我を忘れて欲情したのは、はじめてのことだった。

たちまち秘壺がキューンと痺れて、脈打った。蜜に濡れた粘膜がバイブをしめつける。

「ああっ、あなたっ、いい、ああイクぅー」

鯉の口のように貪欲に咲き開いた肉薔薇の端から、多量の淫汁があふれ出た。

健治がそれを舌で拭い、夢中でしゃぶりあげる。

そのあとゆっくりとバイブが抜かれ、ぐったりとなったところを突然、襲いかかられた。

健治が猛烈な勢いで躰の上におおいかぶさり、いきり立つモノを秘口に押しつけてきたのだ。

「み、美恵子っ」

いつもの穏やかなセックスとは打って変わり、なにかに憑かれたように妻の足首を両手でつかんで乱暴に肉棒を挿入させ、激しく腰を動かしていた。

「あっ、ああっ、あなたぁ、こんなにすごいの、はじめてよぅ、ああっ、あなたぁ」

ピチャピチャと愛液の飛び散る音がもれて、腿と腿がきつく重なり合ってはまた離れる。

このときだけは不思議に夫の吐く息も体臭も気にならなかった。

「んっ、んっ、うーんっ、美恵子どうだっ」

夫の勃起がヒダの内で暴れまくり、今までにない淫らな動きを繰り返した。

「あっ、あっ、イクわっ、またイッちゃうわっ、あんっ、うー」

最後に二、三度、大きく肉棒を抜き差しされて、美恵子は嬌声をもらしてその場に倒れこんだ。久しぶりの夫の精液が、ドクドクと膣内に飛び散る熱い感触を絶頂の中で味わいながら。

第五章

倒錯愛

夫、健治との信じられないような夜の行為のあとも、美恵子の躰は悔悛することなくバイブの虜となっていた。

毎日がその快感の瞬間のためにおとずれ、また去っていく……言ってみれば猛烈に燃えた夫との性交も、その延長上にすぎなかったのだ。

だが健治の方は、もうダメかとあきらめかけていた夫婦生活にふたたび希望の光を感じたようだった。あれからバイブを用いて美恵子を幾度となく喘ぎ悶えさせ、最後には自分のモノで絶頂にと駆り立てた。

そんなこともあり、バイブは健治にとっては救いの賜物であり、当然、妻の手に渡すことなどはできなかった。

健治がいつも自分の手元に置き、妻との性行為のときのみに用いる。よって、美恵子はバイブを使って手淫をしたいときに自由にできない欲求不満と苛立ちをつのらせることになってしまった。

そして迷ったあげくに、ある日こっそりと別のモノを購入してしまったのだ。通信販売で、思ったより手軽に手にすることができた。

ところがもうひとつ、美恵子にはあきらめきれない欲望が残されていた。稔とのセックスに他ならない。

出張からもどってすぐに、美恵子を部屋に呼んだ彼は、真っ先に異変に気づいた。裸にさせて脚を開かせたとき、女陰が以前よりも腫れぼったくなり、色艶も変色していた。バイブの影響だろうと思ったが、勘の鋭い彼は疑いの目を向けた。

「毎日、何回使った？」

ベッドの上で質問を浴びせかけると、美恵子は小さな声で「二回……」と答えた。

「嘘だろう」

鋭く睨みつけると、美恵子は啜り泣くような声で「三回」と訂正した。おまけに彼の前に差し出したのは別の物だった。

「あのバイブはどこへやった？」

当然、美恵子は答えられない。

「どこへやったと聞いてるんだよ」

今度はやさしく尋ねかえすと、目に涙を浮かべて、健治とのことを素直に白状した。話しながら、美恵子の躰は不安と羞恥で震えはじめた。稔が怒りはしないか、夫にふたりの関係をバラしはしないかと、重苦しい気分が渦巻き、いたたまれなかった。

稔の表情は、あきらかに夫への嫉妬をむきだしにしていた。衣服をはぎ取った美恵子の腕を引っぱり浴室に入ると、浴槽の縁に立たせて、剃毛をほどこす準備をしはじめた。

「いや……それだけはやめて、お願い」

抵抗しようとすると、両手をタオルで後ろ手に縛られ、もう一枚のタオルで目隠しをされた。

「僕の留守中に、気持ちのいいことをしすぎた罰だ。さぁ、脚を広げてみなさい」

「ああっ、ちがうわ、あなたがそうしろと言ったからよ。そうでしょう」

思わず言い返すと、頰をつねられた。

「痛いっ、ああ、許して」

美恵子はショックで口もきけなくなってしまった。確かに危険な遊びだとわかっていながら、稔との淫欲を抑えることのできなかった自分を恥じた。しかし肉欲にだけはどうしても逆らうことができない。危険だと思えば思うほど、燃え上がってしまう。

しばらくして、男性用のシェービングクリームを恥毛に塗りたくられて、二枚刃のカミソリが秘丘にあてがわれた。

直後、ジョリッと、なんともいえない淫靡な音が耳に届き、美恵子の躰は緊張と恥ずかしさでこわばった。

(ああっ、そんなことされたら、夫とセックスができなくなるわ)

心の中で叫ぶ。それが稔の目的であることがわかっていても、そこまでするのは尋常ではない。男女の情事の行き着くところは破局でしかないとしても、それでも雄と雌たちは日々の快楽をむさぼらずにはいられない。ときめく性の悦楽の瞬間に心と躰を奪われずにはいられないのだ。

やがてカミソリに撫で下ろされた女の園は、幼児のようにすべすべになっていた。ヌルリとした愛液が割れめの果実を濡らす。

「いやぁっ」

「ふっ、いやだと言うわりには、濡れて感じていたんじゃないか」

稔が、湯で洗い流したむきだしの秘唇を指先でつまんで、引っぱりあげた。

「あっ、あんっ!」

「こうなったらもうこちらの思う壺だ。さぁ、あとでバイブで遊ぶところをたっぷりと見せてもらおう」

あらわになった花弁を指でこねまわされ、左右に広げられて、その中心にズブリと二本の指が押しこまれた。

「ああ、あっ、あっ、あーっ」

ズブズブとヒダを掻かれ、肉芽を突かれて、剃毛の羞恥が快感に変わるのはすぐだった。恥毛があるのとないのとでは、感度が倍以上ちがっていた。指が軽く秘唇に触れただけでも、強烈な刺激が背筋を突き抜けた。

おまけに彼はそこで美恵子に放尿を命じた。

「こんな光景は、めったに見られるものではないからな」

肩を押さえつけられ、無理やりその場に屈まされた美恵子は、めいっぱいに両脚を開いてうなだれた。

「許して……できないわ」

前屈みになり、ツルツルになった恥丘をのぞきこむようにして小さな声をもらす。

「できないはずはない。これまで、きみが僕の要求をきかなかったことがあるか？　きみは淫らで従順で、かわいい僕の雌猫だ。さぁ、言うことをおきき……ご主人様の前で、お尻をプリプリとはずませ、勢いよく黄金色の噴水を飛び散らせてごらん」

「ああ……いやぁ……そんなにいじめないで」

口ではそう言っても、躰は稔の言葉の奴隷になって酔いしれていた。

「できるだろ」

やさしく宥《なだ》められてこくりとうなずき、（あなたのためなら、がんばってみるわ）とつむきかげんに下腹に力を入れた。すると反射的に秘水口がふくらんで、じわじわと放尿の圧迫感が押しよせてきた。

背中を丸くして前に屈むと、稔が「それじゃよく見えない」と肩を引っぱり姿勢を正した。

「あ、あ、あぅ、で、出るぅ」

チロチロと飛び散った小水は、やがて扇状になり勢いをました。

稔が突然、そこに手を入れ、濡れた指をしゃぶりあげた。

「いやっ、やめてぇ」

パンティーの匂いを嗅がれたとき以上の羞恥が躰の芯を熱くする。

放尿を終えた美恵子はふたたび浴槽の縁に立たされて、彼の舌で滴の残滓を舐めとられた。

その光景は異様としか言いようがなかった。ピアノを弾くときの凛々しく知的な彼の面影はどこにもない。まるで仮面を剥いだかのように、ただひたすら淫らで下品で野蛮だ。

しかしそのギャップが、美恵子にとっては刺激になった。男は誰もが躰の奥底にいやらしい願望を秘めている。だが、そんな欲望をむきだしに出来る相手など、そうどこにでもいるものではない。

乳房が揉みしだかれて、隆起した乳首がうずきはじめた。

稔が秘園から顔を上げて、今度は乳首に吸いついてきた。両腿の間には勃起した男のモノが息づいている。片脚をそっとわりこませて、トランクスの上から撫でさすっただけで、硬直は固さをまして脈打った。

「まだだ……これからじっくりといじめてやろう」

稔が軽く乳首を嚙んで、胸の谷間に熱い吐息を吹きかけた。

浴室から出た美恵子は、居間のソファに放尿スタイルで座らされて、稔の前でバイブ遊びを披露させられた。

いつもとはちがい、陰毛がないだけに卑猥そのものだった。

濡れるのも早かった。おおい隠すもののないぱっくりと開いた秘芯にバイブが埋めこまれている様は、見ているだけでひどく稔の興奮をそそった。

稔は鼻息を荒くして、その様子を目で犯しながら、硬直をいっそういきり立たせている。

「はーっ」

口から大きな吐息がもれる度に、美恵子の手の動きも淫らになり、秘口がヒクヒクと小刻みに痙攣した。

「どんないやらしいことを想像しているのか言ってみなさい」

稔がねっとりとした目で美恵子を見つめた。

「あ、ああ……あなたの固いモノで突かれているところ……」

声を震わせる美恵子に、さらなる辱《はずかし》めの言葉が浴びせられた。

「大きくなったチンポが好きか?」

「ああ、好き……」

「食べたいか?」

「ああ、食べたい……」

「よし、ならたっぷりと味見させてやる。ほら、口を開けてみなさい」

稔がトランクスから硬直をむきだしにするのと、美恵子が口を大きく開けたのが同時だった。

「もっと欲しそうにしなさい。でないとやらないぞ」

「あぁ……ほしい、ちょうだい……」

「下の口が休んでいるぞ」

「ああ……ああ……」

美恵子はバイブを抜き差ししながら、舌を突きだし、ペニスを舐めるしぐさをしてみせた。あまりに卑猥な光景だったが、稔は少し満足したようだった。

舌を前に突きだし、円を描いてうごめかせる。Oの字に開いた唇の端から、唾液がしたたり落ちた。

「ああ、ちょうだい」

ズブズブとバイブを動かすと、たちまちヒダがカッと熱くなった。充血した粘膜の奥から生温かな蜜汁があふれ出る。

「は、早くぅ、ちょうだい……お口に入れて、しゃぶらせて」

淫らに腰をゆさぶると、いきなり稔が、開いた唇に男のモノを突き立ててきた。

「あうっ」

肉棒をくわえこんだ瞬間、美恵子はバイブをより深く膣内に埋めこんだ。

躰をよじって悶えると、稔がささやく。

「きみにはひとつの口だけでは足りないようだな。だがもうひとつの口は、自分の片手を使ってふさいでみなさい」

もうひとつの口とは、アヌスのことだった。

ソファの上に両脚を広げて、秘部をさらけだしているために、菊口までもがあらわになり、バイブの抽送の度にかすかにヒクつきを伴っている。

（ああ、いや、恥ずかしい！）

心でわめいても、下の口をバイブ、上の口を生の肉棒でふさがれた美恵子にはどうすることもできない。ふくれあがる官能の嵐の渦中で、彼に従うだけだった。

バイブを持っていない方の中指が、アヌスに触れた。クチュクチュと揉みしだくと、蟻の途渡りを伝わり蜜汁が滴り落ちるために、すぐにヌメりを帯びてすべりやすくなった。

「気持ちいいかい？」

その言葉にうなずきかえすと、稔がグイと肉棒を喉もとまで押しこんだ。

「ぐっ」

一瞬、アヌスに触れた指の動きが止まる。だがすぐにまたうごめきはじめて、中指の先端が少しだけヒダに埋めこまれた。

口の中の肉棒も、すでに先走りの液をにじませ、最大にふくれあがっていた。

すぐにもはちきれそうな状態なのに、それでも稔は吐精をこらえ続けていた。

「ああ、もうダメ……早く出して、飲ませて、あなたの白いカルピスを！」

そう懇願したのは美恵子の方だった。

摩擦の度に唾液があふれて、下の口からも蜜汁が滴りおちていく。

このような淫猥な姿があるだろうか。三つの口を同時にふさがれ、悦楽に喘いでいるハレンチきわまりない恥辱の姿だった。

そんな状態がしばらく続いたあと、いきなり口の中の猛りが膨張して、生温かな液体を飛び散らせた。

それにつられて、バイブの埋もれた秘芯も脈打ち、アヌスがヒクついた。

ゴクゴクと喉の奥に精液を流しこんだあと、バイブを持つ手の動きも止まり、美恵子は放心状態のまま、ソファの上にぐったりと倒れこんだ。

次のレッスンのとき、稔の家にはひとりの若い女性がおとずれていた。

玄関先に揃えられた白いエルメスのハイヒールに、部屋に漂うフランス製のコロンの香り。いつもの雰囲気とはちがう。

キッチンのテーブルの上には見慣れぬ高価なガラスの花瓶が置かれ、赤いハイビスカスの花が飾られていた。今しがたまでそこで話をしていたのか、スウェーデン製のコーヒーカップがふたつ並んでいる。

美恵子がこのまま帰ろうかと思っていると、奥の部屋から稔が顔を出した。

「紹介しよう。倉石彩実《あやみ》さんだ」

稔の後ろに立つ、大きな目と小さな唇のシャギーストレートヘアの女性が、軽くお辞儀をした。一見、ひまわりの花のような印象だった。

「倉石病院のお嬢さんだよ」

美恵子の反応をうかがいながら、稔はつけ加えた。

「ピアノコンサートの演出を頼まれたんだ。お嬢さんのお宅には前に二、三度、ピアノの調律に伺ったことがあって、まったく知らない間柄じゃない。こちらは、生徒の佐野美恵子さん」

挨拶を交わす美恵子の心は、少し動揺していた。

稔が若い女性といっしょにいても何らおかしくはない。それなのに美恵子は冷静ではいられなかった。

淡いすみれ色のワンピースがよく似合う、小柄で色白の可憐な若い女に言いようのないジェラシーを覚えはじめていた。

彼女は二十二歳の音大生だという。稔と手をつないで肩を寄せあう姿は、まるで兄妹のように仲むつまじく見えた。

「もう少しで打ち合わせが終わるから、ここで待っていてくれないか。あとできみに手伝ってもらいたいことがあるんだ」

稔に言われて、美恵子は居間のソファに腰を下ろした。

彩実と稔はなにかをささやきあいながら、躰をよせ合って奥の部屋へ入った。その様子は普通の間柄には見えなかった。

扉を開けたままの部屋から、話し声が聞こえる。振り向くと、稔が、ピアノに向って座っている彩実の肩を抱き、耳もとに唇を近づけていた。

それを目にして、胸の奥から熱いジェラシーがこみあげてきた。こんな気持ちになったのは、はじめてだった。

わかってはいても、(わたしはあの人のなんなのかしら)というつぶやきが頭の中に渦巻いた。

(妻でもなく、恋人でもなく……ただの情人)

(ただあの人の性欲を満たし、悦《よろこ》ばすだけの情人……)

空虚な気持ちがふくれあがる。

窓辺のカーテンをゆらす初秋の風が寂しく頬をかすめ、テーブルの上の花瓶がまぶしい。

(そう。ここにはわたしの居場所はない。ここはわたしのオアシスではないわ。でも来てしまう。目に見えない強いなにかに引かれて、夢中で脚が向いてしまう……あの人がたとえどんなプレイボーイであっても、たぶん……）

彼のどこが好きと言われてもよくわからない。もしかして好きではないのかもしれないし。なのに躰は一途なほど、欲望の虜になっていた。夫に抱かれたあとも、彼の肉の感触が恋しくてならない。

これが女の魔性というものなのだろうか。愛欲と愛情とは必ずしも同じではないと感じた。

やりきれない感情と高ぶる思いが胸の中に交差する。

「ふっ」とため息をつき、隣室の様子をうかがったとき、美恵子は雷に打たれたような衝撃をくらった。

いつの間にか稔が彩実のワンピースを剝ぎ、白いシルクスリップの胸もとに手を差し入れ、荒々しく愛撫しながらうなじに口づけている。

「あ、あ、あ、んっ」

彩実の呻き声が耳に届く。

稔は彼女の足元にかがみこんで、スリップの中に頭を突っこんだ。口でパンティーをくわえて膝まで下ろし、足首へすべらせる。そして爪先から上に舌先を這わせていく。足の指、ふくらはぎ、腿の谷間に群がる漆黒の密毛にもやさしく唇を這わせて、割れ目の奥の濡れた果実をむさぼった。

彩実は相変わらず短い呻き声を発して、稔に身をまかせきっている。

美恵子の全身にゾクゾクと震えが走った。

（ひどい人……）

胸の内が苦しくなり、喉が渇き唇はこわばり……しかし躰の芯は燃えるように熱い。うずきに駆られて、秘芯が愛液で潤みを帯びた。

（ああ！　わたしをいじめているんだわ。彼女との交わりをこうして見せつけることで、さらに淫らな欲望の渦に巻きこもうとしているのよ）

躰中の血がさわぎ、女陰の深淵がうずきはじめた直後、稔が彩実を抱きかかえて奥のベッドルームへ運んだ。

ドアを開けたままの部屋でのふたりの絡み合う音を聞き、美恵子はその淫らな光景に目をこらした。

（ああっ、どうすればいいのぅ）

このままじっと座っていることなどできない。だが帰る気にもなれない。見えない欲情の鎖で引っぱられた一匹の淫獣として、そこに取り残されている宿命を感じていた。

指が自然に、淡いピンクのタイトスカートの裾に吸いよせられた。同色のパンティーの中心部はしっとりと濡れている。すぐに指は腿のくいこみから内にと忍んで、蜜汁に湿る秘唇を撫でまわしていた。

（ああ、なんて残酷な楽しみ方なのぅ。あなたはわたしがこんなふうに自分の躰を慰めずにはいられなくなることを知っていて、それでわざと彼女とのセックスを見せつけようとしているのね）

恥毛のない陰裂を指で左右に広げ、うずく肉芽を撫で転がし、白いブラウスの胸ボタンを外してふくらみを揉みしだく。ジャケットの脇の下にも汗がじっとりとにじんでいた。

（どうしてこんなことが平気で出来るのよぉ、ああ……）

このような倒錯的快感に駆られたのは、生まれてはじめてのことだった。彼の肉の奴隷となっている以上、他人の情事を盗み見て興奮するのとはわけがちがう。単なる覗き見の感覚ではなくて、見せつけられているんだという自虐的快感のようなものがわき上がる。

美恵子は（きみは見て悶えなくてはいけない）という稔の無言のメッセージに従い、ときおり目をそらせてはふたたびショッキングな光景をしっかりと瞳にやきつけ、激しく自らの秘部を指でこすり立てた。

これは稔でなければ考えつかない愛欲の鞭であり、美恵子の躰でなければ反応できない魔性の悦楽の世界だった。

（ああ、ああっ、もっと、もっとぅ……）

女の白い柔肌が、稔の胸に抱き寄せられてゆれ動く艶めかしい様を哀しい目で追いながら、秘壺の奥を愛欲で熱く燃え上がらせる女。

（ああっ、わたしをこんなにいじめて感じさせて……これもセックスのひとつの楽しみ方だというのぅ、ああ、いけない人ね、あなたぁ……）

目を閉じて、必死で絶頂に昇りつめようとしたとき、稔がふいに足音をたてずに美恵子の前に立ちふさがった。

「ひとりでお楽しみのようだね。なんなら手をかしてやろうか。どうだい？」

皮肉な言葉をささやかれて思わず肩を震わせたが、彼の表情はきわめて冷静に見えた。

「さあ、こっちへ来なさい」

いきなり手を取られて、ベッドルームへと導かれた。

白いシーツの上に、彩実が全裸で仰向けに横たわっていた。

「これでわかっただろう。僕が教えたのはピアノだけではなかったってことだよ。お嬢さんは男が初めてなんだ。だからとても素直に言うことをきいてくれる。ところがひとつだけ困ったことがあるんだ。実は彼女は女子高のときに上級生からレズ行為をされた経験があるらしくて、そばに女がいないとイケないと言うんだ。男とふたりだけだと緊張してしまうらしい。それできみに手伝ってもらおうと思ってね。わかるだろう。僕が彼女とセックスをしている間、きみは彼女に舌奉仕を続ける……そう、バター犬のようにね」

稔の言葉に恨めしそうなまざなしを向けると、

「ふっ、そんな目で見るなよ。きみにしかできない役目だ」

意味ありげな視線を返されて、突然、美恵子の頰は真っ赤に火照った。

さらに、「もっと嬉しそうな顔をするのかと思ったんだが」と言われてうなだれずにはいられない。

顎をつかまれ、鋭い目で瞳の奥を見つめられた。

「いいかい、彼女を何度も天国に導いてやるんだ。そのためにきみは今ここにいて、必要とされている。わかったな」

有無を言わせぬ口調だった。

美恵子が目で従うと、稔は口もとに薄笑いを浮かべて、さっそく彩実の躰の上におおいかぶさった。

先刻の絡み合いが繰り返された。

稔は彼女のうなじから胸、下腹部にとていねいに舌を這わせて、じっくりとクンニをほどこした。男を知らない彼女の躰は彼の思いのままだった。それからふたりの躰はひとつにつながった。

そんな光景を目の前にしている美恵子の躰も燃えるように熱かった。

（ああっ、わたしの躰は必要とされているんだわ……あの人と子鹿のように純情な彼女を絶頂に導くためのスパイスとして！）

淫欲の血がさわぎはじめてどうしようもなくなったとき、稔がベッドのそばで呆然と立ちつくす美恵子に声をかけた。

「きみも裸になりなさい。僕に背中を向けて、彼女の乳房を吸ってやってくれないか」

「ああ、そんなぁ」

秘毛を奪われた羞恥の恥丘をはじめて会った若い女の前にさらせというのか。しかし美恵子は言われたとおり素直に従った。スカートとブラウスを脱ぎ、下着を床に落とす。

もうここまでくれば、躰が要求に応じて勝手に動いてしまうという状態だった。

だが当然、恥じらいはある。

両手で陰毛のない恥丘を隠し、稔の顔の前にお尻を突き出すと、すぐに手が伸びてきて、両の指で谷間を左右に広げられた。

「ふふっ、もうグショ濡れじゃないか。ヘアがないから腿にしたたり落ちているぞ」

その言葉に秘壺がジンと脈打った。

「まだなにもしていないというのに……きみは本当に淫乱なんだな」

心の中でやめてと叫びながらも、じらしの辱めのセリフにも濡れて感じてしまう。まして尻肉をグイと割られて、蜜汁のしたたる恥ずかしい局部を眺め見られている。つゆが内腿の付け根を湿らせている。稔には、淫靡に濡れたいやらしいそこを、そういう角度で見つめることが女にとってたえられない羞恥であることがわかっていた。なのに美恵子は脚をすぼめるどころか、蜜のしずくのしたたる内腿をめいっぱいに開いて、女貝どころか菊の蕾までをさらけだしていた。

「がまんできないんだろう……どうなんだ」

いつもの責め言葉だった。

「うう……そう……お願い……」

同じくいつもの哀願を返す。

「自分の指でいじってみなさい」

そう言われると、躰の芯が震えてしまう。

逆らうことなく、そっと蜜壺に指をくいこませて、肉ヒダを掻きクリトリスをいじると、さらに多量の淫汁があふれでた。

するとごく自然に、上体を起こした彩実の胸の半球のふくらみに唇が触れた。ミルクチョコ色の小さな乳首を口に含み、舌で撫でころがす。

「あ、あ、あっ」

彩実の唇が震えて、かすかな呻き声がもれる。なんてかわいい声だと思った。レズ行為に興味を持ったことなど一度もないが、意外に嫌な感触ではなかった。男性との間にはないなにか小動物をいたわるときのような、きめのこまやかな心地よさが全身に広がってくる。

美恵子は夢中で彼女の乳房をむさぼった。

稔と彼女の下半身がしっかりとひとつにつながり合っている状態で、美恵子は自らふたりの肉の奴隷となっていた。

稔の指がモゾモゾとアヌスにうごめく。自分の指で蜜にまみれた膣ヒダを慰めながら、お尻を浮かせて服従のポーズで指の愛撫をおねだりする。

美恵子の高ぶる壺を心得ている稔にとっては、じらしのテクニックがものをいう。

アヌスを責められた美恵子は啜り泣きのような短い嬌声を発して彩実の胸の谷間に顔をうずめ、豊満な白い乳房をブルンブルンとゆさぶり、なまめかしく腰をくねらせた。

口奉仕をされた彩実の方も、うっとりと瞳を閉じて、少しずつ絶頂の階段を昇りつめていく様子だった。

稔は片方の指で美恵子のアヌスをもてあそびながら、巧みに腰を使う。深く浅く、またときにヒダをゆっくりと掻きまわして肉棒をグラインドさせている。

「あっ、あっ、あはんっ」

眉をしかめ、唇を半開きにした彩実の息も荒くなり、美恵子が乳首を吸い上げたとき、反射的に両手で乳房をつかみ返してきた。

男の手つきとはちがいソフトで控えめだが、なんともいえない感触だった。

震える手で同性の乳房を揉み、顎を浮かせて絶頂に駆り立てられる彼女を見て、美恵子もまた快感を味わっていた。

(もっと、もっと気持ちよくなりたい!)

心の中で叫び、さらに秘壺を自らの指で激しく突くと、クリトリスがふくれあがって秘口から蜜汁があふれでた。

稔の指は、菊のすぼまりにすっぽりと埋めこまれていた。

ひとりの男の躰の上にふたりの女がまたがり、互いに乳房を愛撫し合っている。

その瞬間、美恵子はなぜか彩実が愛しく思えてならなかった。

(ああ……あなたもこの人の肉の餌食となってしまったのね……いいわ、わたしが天国に

導いてあげる……いっぱい感じさせてあげる）

指先で彩実の汗に濡れた髪を撫で、頰に耳もとにと唇を押しあてる。

「ああ、ああっ！　ああ、ああ、ああっ！」

やがて半狂乱のように髪をゆさぶり、大きく背筋をそらせた彩実が絶頂を迎えて、美恵子の秘芯も痙攣をはじめた。

思わず抱き合うふたりの女の柔肌の下で、稔の硬直も彩実の肉ヒダの内でついにはちきれて、白い液を飛び散らせた。


「こんなの初めて……」

彩実が小さな声でささやく。

「きみは初めてイッたね」

稔が彩実の秘芯から肉棒を抜いた。

今しがた吐精したばかりの硬直はまだ萎《しぼ》んではいない。そこに美恵子の手を導き、今度はこう要求した。

「彼女をイカせたご褒美をやろう。ほら、たった今まで彼女のオマンコに入っていたきみの大好きなチンポがマン汁にまみれている。思う存分、舐めさせてやるぞ、さぁ」

たちまち、美恵子は「あはっ」と呻いた。

まさに性の奴隷としか言いようがなかった。

他の女の性器に埋もれていた情人のペニスを口できれいにする。このような淫辱があるだろうかと躰が震えた。

しかし美恵子は口づけた。彩実の女陰に包みこまれていた蜜の匂いの染みこんだ肉棒を口に含み、舌をからめて根もとからしゃぶり上げた。

「ああ……いい気持ちだ……」

うっとりと目を閉じて、隣りに横たわる彩実の手を握りしめる男の性器を、愛憎と肉欲の熱さで包みこみ、撫でまわす美恵子だった。

憎いのだが憎めない。愛したいのに愛せない。稔に対してはいつもそんな感情にとらわれていた。

根もとから上に、上から根もとにと幾度も舌を這わせて蜜汁を舐め取る。一度、昇りつめた秘壺をふたたびうずかせながら。

「うっ、もういい……それ以上やられるとまたいってしまう」

稔がストップをかけて、今度は彩実への奉仕を命じた。

「僕にした以上に、やさしくていねいに」

セックスではじめての絶頂を経験した彩実は、ぐったりとなっていた。

美恵子が腿の谷間に顔をうずめたとたんに、ビクッと背筋をそらせて膝を立てた。唇に触れたヘアは柔らかで甘い蜜の匂いがした。肉芽に鼻先を押しつけるようにして、舌を突き出す。稔の肉棒の匂いが混じった甘くてほろ苦いヒダの味だった。ピンクの秘肉の間に夢中で舌をからませ、お汁を啜っているうちに、躰の血がさわぎだした。

彩実は稔の手をしっかりと握りしめ、目を閉じて「うーん、うーん」と唸っている。

（ねぇ、気持ちいい？　どうなの、いい？）

美恵子は心の中で語りかけた。

「あ、ん、う、ああ……」

短く呻く彩実の反応をうかがい、舌を尖らせてヒダの内に深く、くいこませた。

「はあーっ」

彩実の口から大きなため息がもれでる。

稔が彼女に、頰を寄せ、耳たぶに口づけた。そして、美恵子の口奉仕にストップをかけた。

だが美恵子は止めなかった。

彩実は顎を浮かせ、唇を震わせながら、自ら両脚を開いて美恵子に下半身をまかせきっていた。

あふれでる蜜汁が美恵子の舌で舐め取られ、唇で啜りあげられた。さらに激しく舌でヒダを突くと、彩実は悶えて両手でシーツをわしづかみにした。

「あっ、あっ、あっ、いいーっ」

稔は目の前のふたりを呆然と見つめていた。

「あっ、ダメっ、あああっ！」

彩実が躰を痙攣させて絶頂に達した直後、美恵子は脈打つ秘芯から舌を抜き、今度は彼女の躰の上におおいかぶさり、乳房を彩実の唇に押しあてた。

桜色の乳首が彩実の唇に含まれて、吸い上げられる。同時に両手で乳房を揉まれ、片方の膝でヌメった蜜口をこすられた。

もはや稔が手を出すどころではなかった。ふたりの女が稔の存在を無視して、目の前でレズビアンショーをはじめたのだから。

呆然としている稔の前で、女たちはシックスナインのポーズになり、互いの陰部を舌で愛撫しはじめた。

秘毛のないぐしょ濡れの美恵子の女陰に彩実の可憐な赤い舌が這いうごめく。彼女の舌の動きは、男にはない細やかさがあった。

「うっ、ああ……とっても上手よ」

吐息まじりの声をもらして、彩実に口淫を返す美恵子の秘部は、すでに蜜の洪水となりヒクつきはじめていた。

暗い部屋の中にやわらかな白い肢体が絡み合う様は、妖艶そのものだった。

美恵子が舌先で花芯を突き、指で肉芽を撫でまわすと、彩実も同じように反応してきた。

「ああっ、ダメっ……わたしまたイッてしまうわ、ああっ」

彩実の呻きに、

「いいのよ……何度でもイッていいのよ、ああ、今度はわたしといっしょにイッて」

と美恵子は応じて、彩実の頰を両の太腿できつく締めつけた。

「あーっ、ホントにイクぅ！　あっ、ああっ、お姉さまっ！」

彩実がガクガクと腰を震わせた。

やがて互いの顔面を蜜汁で濡らしたふたりの女は、躰を重ねて同じ瞬間に絶頂を迎えた。

美恵子の意識が遠くなる。

「誰がそこまでやれと言ったんだ」

稔の声がした。

「言ったわ……何度でも感じさせてやれと」

快感の余韻にまかせてつぶやく。

「まったく、手に負えない悪女になったもんだな……どうやらしつけ方をまちがえたようだ」

「そんな……わたしはいつもあなたに従順だわ」

「そうか、それならご褒美をやろう」

とたんに、美恵子の頰にバシッ！　と平手打ちの一撃がとんだ。

翌日の日曜日。

玄関のベルの音に娘の晴香がドアを開けると、稔が立っていた。

お辞儀をされて、晴香も戸惑いながら軽く頭を下げた。

「こんにちは」

「晴香ちゃん、おじさんのこと覚えているかなぁ？」

「うん、もちろんよ。亮平君のお父さんだもの」

屈託なく答える晴香に、稔も笑顔を返した。

「そうか、覚えてくれていてありがとう。ところでママはいるかなぁ？」

「今、管理組合の話し合いに出かけているの」

「ふうーん、じゃあお父さんは？」

「いるけど、いまお昼寝してるの」

「そうか、じゃあこのおみやげをママに渡しておいてくれるかな」

稔がショッピング用のビニール袋を差し出すと、晴香は「うん」と言って受け取った。

晴香が中を確かめずにいたのが幸いだった。

美恵子がもどると、夫が待ち構えていた。いきなり美恵子の手を引っぱって、寝室へ連れこみ、ドアに鍵をかけて、目の前にビニール袋を突きだした。

「いったいなんですか」

と言う美恵子の頰に健治の一撃が飛んだ。

打たれた美恵子は驚いた表情で夫を見上げた。

「言ってみろ。どうしてこんなものを渡されたんだ？　あの男とはどういう関係なんだ？」

美恵子はハッとして包みを開いた。出てきたのは、なんとあのバイブレーターだった。

あまりのショックに口もきけなかったが、夫の責めは止まなかった。

「このところ生理不調とか言ってセックスを拒み続けているが、まさかあの男と……」

「ち、ちがうわ……それにあの男って……」

「しらばっくれるな。晴香が言っていたぞ。亮平君のお父さんだと。昔、よく運動会のときなどにいっしょに弁当食ったりした奴じゃないか。さあ、隠さずに言うんだ」

「し、知りません」

美恵子は最後まで突っぱねたが、健治は許しはしなかった。事情を説明しろと言われて、頬が火照り、躰が震え始めた。

「ただの関係じゃないんだろう、おかしいじゃないか。知らないなら、なぜこんな物をおまえに渡そうとしたんだ？」

「なにかのまちがいです。そうにきまってるでしょう」

しかし健治は美恵子を睨みかえし、その場で衣服を脱がしにかかった。

「きゃっ、やめて」

ブラウスを脱がされ、スカートを下ろされ、キャミソールにブラジャーまで取られた美恵子は、最後のパンティーだけはどうしてもと夫の手を拒んで抵抗を続けた。

だが結局、男の力には勝てず、引き裂かれるように躰から剥がされると、思わず両手で恥丘を隠した。

屈辱が胸中をかき乱す。

夫に疑いの目で見つめられたとき、全身がこばわり、子宮の奥がキュンとせつなくうずき、唇が震えた。

手をつかまれ、引っぱり上げられると、秘毛をなくしたむき出しの女陰がさらされた。反射的に肉芽がうずき、秘芯が脈打った。

健治がごくりと生唾を飲みこんだ。

「こ、これはいったい……どういうことだ」

部屋の壁に追いつめられて、詰問を浴びせかけられる。

「ああっ、自分で剃ったの。本当ですっ」

しかし、健治が納得するはずがなかった。

「ははん、それでセックスを拒んでいたのか、そうなんだな」

翳りを奪われた陰部に、夫の指が触れた。

「ああっ、やめて」

とたんに激しいうずきが突き抜けた。

「もっと脚を開いてよく見せるんだ」

「いやっ、やめて」

しかし力ずくで腿を押し広げられて、あらわになった肉の果実を目で舐めまわされたとき、彼女の全身に羞恥と辱めによる快感の電流が走った。

恥ずかしい部分を見られているだけでも躰の芯が熱くなり、蜜壺が濡れてヒクつきはじめている。

次第に健治の目が潤み、小鼻がふくらんで、彼女の裸体を脚の爪先から頭のてっぺんまで眺めまわす。

「こんなことまでされて、悦んでいたのか！　どうなんだ！」

あげくのはてに床に押し倒され、男の勃起を強引に秘芯にぶちこまれた。


数日後の夕食時。美恵子の家に意外な客が招かれていた。

久保田稔だった。ラフなシャツとスラックス姿だが、顔つきはこわばっている。

健治に言われて、仕方なく稔を食事に招いた美恵子だったが、心の内は穏やかではない。

稔には「何を聞かれても知らないと答えて」と言ってはあるが、修羅場を迎えるのは目に見えている。ただ晴香が実家に泊まりに行っていることだけが救いだった。

「いやぁ、いつも奥様におかずを差し入れていただきまして、本当に助かってます」

稔の本音もよくわからないし、健治の肚の内も計りかねる美恵子だった。

人間の仮面をかぶった二匹の雄犬が、雌犬をはさんでにらみ合っている……そんな異常な光景にも思えた。

「家内は料理が得意なものでして、お役にたてれば光栄です」

「とてもおいしくいただいております。嚙めば嚙むほど舌に味がしみこんで、格別です」

その言葉に皮肉がこめられているのは、美恵子にもわかった。

夫の口もとが少し歪んだ。

ドキドキしながらも、美恵子はふたりの男にビールを注いだ。

オフホワイトのワンピースを着て、素足に白いソックスをはいていた。ストッキングをはかなくても、肌の美しさだけは自信があった。そのなめらかですべすべの地肌を、同時にふたりの男の目に撫でられ、犯されているような心境だった。

「ところで、久保田さんはお強いですか？」

「酒ですか、女ですか？」

「女ですよ」

健治がはっきりとそう言ったので、美恵子は顔を伏せた。しかしどうしていいのかわからず、成り行きを見守るしかなかった。

夫に稔との関係を告白したわけではない。なにがあっても、最後まで否定するしかないのだ、と自分に言い聞かせた。ところが健治の次の言葉に一撃をくらった。

「あのバイブは、どういうつもりでうちの家内に？」

稔も迷わずに口を開いた。

「はい、おかずを差し入れていただいているお礼に、奥様にぜひ使っていただきたくて、失礼を承知で贈らせていただきました」

なんとも奇妙な会話だった。いつ殴り合いがはじまってもおかしくはないのに、穏やかに、過激な言葉が交わされているのだった。

「お心遣いはありがたいのですがね。実はうちにも一本、あるんですよ。ほら、おまえ、見せて差し上げなさい」

夫の言葉に愕然となった美恵子は、頬を真っ赤にしてうなだれた。

「早くしなさい」

「あなた、そ、そんな……」

唇を震わせると、いきなり健治が笑った。

「ははっ、そうだった。隠してある場所を教えていなかったね。風呂場の棚の右上の奥だ。いいから持ってきなさい」

それでも美恵子が立ち上がらずにいると、健治が腰を上げた。

「あ、あなた、やめて」

思わず両手で顔をおおい隠すと、稔が意味ありげな目で美恵子を見つめて言った。

「へぇー、それはぜひ拝見してみたいですね」

バイブを取りに行った健治がもどると、美恵子の全身は火がついたように熱くなった。台所に逃げようとしたところを夫に押し止《とど》められて、バイブを手に持たされて、部屋の中央に正座させられた。

このときになってはじめて美恵子は、夫が稔と事前に話し合いをしていたのかもしれないと思った。すべて芝居だったのだ。

「もうおわかりでしょうか。私はいま、この淫らで放恣な女房を、どう罰しようかと考えているところです」

稔が好奇の目を向ける。

「いやぁ、本当ならあなたに殴りかかっているところですが、正直なところ心境はもっと複雑です。自分でも驚いているんです。妻が浮気をしたことは確かなのですが、それが自分の知らない所、目に見えない所でこっそりと行われたというのが、なんともいえない気持ちなんです。男として情けないような、悔しいような……おまけに妙に興奮したりして……」

「いったいなにがおっしゃりたいんですか？」

「自分でも信じられないことなのですが、近頃、妻の不貞の場面を想像しただけで、ものすごく興奮して勃起してしまうわけです。けれども、不貞の場面を自分の目で見て確かめられないことにたまらなく嫉妬を覚えましてね。で、どうですか。他人《ひと》の妻を奪った償いに、いま夫の目の前で妻を犯してはもらえませんか。受け入れてくださるのならば、不倫の関係を許すことにしましょう」

あまりの衝撃に、美恵子の頭の中は真っ白になり、躰が震えはじめた。

真面目で温厚で優しい夫の口から出た言葉とはとても思えなかった。そんな夫の性格を自分が変えてしまったのかと思うと、底知れない不安と戦慄がわき上がってきた。

「ほう、変わった性癖をお持ちですね」

稔が好奇に口もとをほころばせて、目を光らせた。

「一種の被虐的倒錯愛ですね」

「そういうことになりますか」

「たぶん、そこまで奥様を愛しておられるということでしょうね」

「まあ、そんなふうに感じていただければ、まだ救いようもありますが。で、どうですか？」

稔は「もちろん奥様次第です」と答えた。

悪夢を見ているような現実に、美恵子は言葉もなく躰をこわばらせた。ふたりの男の生《い》け贄《にえ》になったような心境だった。

「そうですか。美恵子、それならさっそく床の用意をしたらどうだ。久保田さんがすぐにもおまえの躰を味見したいとおっしゃっているぞ。俺に遠慮はいらないから、いつものとおりに抱かれることだね」

健治が鼻息を荒くして、彼女を促した。

「あなた、まさかそんなバカなこと……冗談はやめて」

顔色をかえて立ち上がると、健治が、美恵子の躰を後ろから羽交い締めにした。

「あっ、いやっ、やめて」

美恵子が抵抗しても健治は余裕たっぷりだった。

「久保田さん、家内を縛りたいので、ちょっと手をかしてもらえませんか」

健治に促され、稔は、サイドボードの引き出しから紐を取りだして美恵子に近づいた。

「ああ、いやあ、やめて、やめて、いやあ」

泣きながら抵抗する美恵子の両手が、あっという間に後ろ手に縛られた。

そのまま背中を押されて寝室に連れていかれ、いったん紐がとかれて、衣服と下着を剝がされて布団の上に押し倒された。そして、大の字に開いた両足首を両手でつかまされた格好で手足をひとつに括られてしまった。

ナイトランプの薄明かりの中に浮かびあがった白い腿の谷間の翳りのない恥丘から、淫靡な雌の匂いが放たれている。

「ふっ、私しか手を触れないはずの妻のここをこんなにしたのも、あなたですか？」

健治が恥丘を指先で撫で上げ、後ろに立つ稔を振り返った。

その生温かくて冷酷な指の感触に、美恵子の背筋がゾクッと震えた。

「そうです。でも奥様は嫌がらなかった。むしろ悦んでいるふうでした」

「うっ、ちがうっ、やめて」

稔の言葉に、美恵子は身を震わせて泣き叫んだ。

「あとはおまかせします。あなたの思う存分に妻の躰を辱めてやってください」

健治が稔と場所をかわった。

「あっ、ああんっ、離してっ、いや、いやあっ」

もがくほどにきつく縛られた紐がじわじわと肌にくいこんでいく。それに両手脚がひとつになっているために、躰がダルマのように左右にゆれて、なんとも淫らで卑猥だった。

「いつものとおりでいいんですよ、久保田さん。私がここにいることは忘れて、思う存分、妻をかわいがってやってください。私はただの傍観者、すなわち幽霊になりますから。妻が他の男にどんなふうにやられて興奮するのか、どんな顔をして絶頂に至るのかをじっくりと観察してカメラにおさめておきたいと思いましてね」

そう言う健治は、いつの間にかビデオカメラを手にしていた。

稔は身をかがめると、胸ポケットから耳掻きを取り出した。

先の方のふわふわの部分が、軽くクリトリスに触れた。

「あんっ！」

ただそれだけで、美恵子は身悶えた。恥毛を剃られているので、またたく間に秘芯が蜜汁に潤んでしまうのを止めることができない。

まるで羽根筆で女の急所を責められているような感触だった。それで肉芽を撫でまわされ、秘裂にそって上下にタッチされると、背筋に熱い痺れの感覚が走った。

さらに耳掻きの反対側の部分でクリトリスを突かれ、ハナビラを撫でられた。

「あっ、あっ、はあんっ、やめてっ」

自然にもれでる呻き声が、健治の耳にも届く。

ナイトランプの薄明かりの中で、そんな恥辱の姿がしっかりと彼の目に焼きつけられている。

そしてついに、モゾモゾとうごめく耳掻きの巧みな動きに耐えられなくなり、美恵子は恥を承知で、大きな声で呻いた。

「あはんっ、もっと！　もっとしてぇ！」

「ほら、ごらんなさい。結局、やめてと言いながらいつも最後には自分から尻をふっておねだりしてくるんです、この女は」

稔がつぶやく。

「なんとも淫乱な奥様に仕込まれたものですねぇ」

だが健治はなにひとつ答えず、カメラをのぞきこんでいるだけだった。

稔が耳掻きを放り投げて、今度は人差し指をズブリと秘芯に突っこんだ。ゆっくりとヒダが掻かれ、抜かれた指先に蜜汁が糸を引く。同時に固くなった肉芽が親指でタッピングされて、中指が再度、秘口にくいこんだ。子宮底を突く勢いで激しくピストンされて、もう片方の指で乳首がつねられ、引っぱられた。

「ああ、ああっ、いやもっと、もっとぉ、して」

腰をくねらせ、乳房をブルンブルンとゆさぶると、稔がそれをわしずかみにして荒々しく揉みしだいた。

「誰の前で呻いているのか、わかってるのか」

「あはーん、わかっているわぁ、そうさせたのはあなたたちでしょう、そうに決まってるわ、だから、して、して、もっとぅ、ああ、ああっ」

「亭主に見られていることがわかっていても、してほしいのか」

「ああっ、そう、許して、許してあなたぁ」

美恵子は、自分でもなにを言っているのかわからなくなるほどに、稔の指によって淫欲の虜となっていた。

これまで躰を飼い慣らされてきたとはいえ、夫の前でこうも素直に躰が反応してしまうとは、自分でも信じられないことだった。

乳房と膣口への攻撃が続いたあと、赤く腫れ上がったハナビラを指で左右にめくられ、そこに尖った舌を押しこまれた。

「あ、んっ！」

腰をくねらせると、ジュルジュルと蜜が啜られた。

「どうだ、もっとしてほしいか」

「あっ、うーん、してほしいっ」

「なにをしてほしいのか言ってみなさい」

「あう、う、もっと舐めて、お汁を吸って」

するとピシャリと腿を打たれた。

「そんな言い方じゃダメだ。亭主に聞こえるように、もっといやらしい言葉で言ってみなさい。わたしのいやらしいオマンコを舐めて、マン汁を吸って、なんてね」

美恵子はもう、言われるがままだった。

「ああっ、いやらしいこと好きなわたしのオマンコ舐めてっ、マン汁を吸ってぇ！」

「ふっ、なかなかの出来だ」

稔が、二本の指でくつろげられて、ぼってりとふくれあがったハナビラの間に舌を押しこみ、抜き差ししながらジュルルと蜜汁を啜りあげた。

「あっ、ああーっ」

とたんに美恵子の悶え声と腰の動きが、淫らさをました。

「ここになにが欲しいか言ってみなさい」

「あっ、ああー、あなたのチ、チンポです」

「もっと大きな声で」

「ああ、あなたのチンポが欲しい！」

「チンポが好きか」

「ああ、好き」

「下の口で食べたいか」

「あん、食べたい」

「指ではダメか、物足りないのか。ならバイブではどうだ？」

「ああっ、バイブも好きっ、チンポも好きっ、なんでもいいから入れて、ぶち込んでぇ！」

じらされたあげくに、夫の前で恥も外聞もなく卑猥な言葉を叫んでいる自分が、どうしようもなく恥ずかしかったが、逆に躰は「もと淫らにさせて！」と燃え上がった。

夫の健治だけではなかった。美恵子自身が倒錯の世界の悦びに浸りきっていたのだ。

あまりの興奮に、唇の端から唾液が滴りおちていた。

稔がズボンのファスナーに手をかけ、ゆっくりと男の猛りをあらわにした。それをぐしょ濡れの蜜壺にあてがわれたとき、ふいに顔に毛布がかぶせられた。

「んぐっ」

乳房から下をさらした格好で犯されるというのか……美恵子の躰は羞恥と屈辱に震えた。

ズブリと秘芯が突かれる。

「あっ、ああーっ！」

摩擦がはじまる前に、すぐに一度目のアクメがおとずれた。

ズブズブと抜き差しが続けられている。絶頂を迎えたというのに、美恵子の秘芯はなおも稔の勃起に激しく突かれ、こすられて、熱く充血して燃えたぎっていた。クリトリスは鳥の嘴のように大きく固くふくらみ、口を広げた秘芯からは、蜜汁が溢れ出ている。それを指でぬぐわれ、口に含んで味見されて、肉の尖りをこねまわされる。

「あーっ、もうダメっ」

まるでセックスのためにある躰、生け贄になった自分がそこにいた。なのに美恵子は腰をゆさぶり、悦楽の快感に喘いでいた。

夫にカメラを向けられているのを承知で、下の口からトロトロと愛液のしずくをしたたらせながら。

やがて稔のモノが膣口ではじけたとき、ふたたび大きな痙攣《けいれん》がおとずれて、美恵子はぐったりとなり、稔の硬直を受け入れたまま、毛布の下で気を失った。

第六章 乱交の夜

あれから美恵子は、撮ったビデオの映像を前に夫にしつこく夜の行為を求められた。毎夜のように、健治の目の前でバイブを使って手淫を披露させられたあと、手足を縛られ、レイプのような状態で男根を受け入れ、いやというほど突きまくられた。

そして夫とのセックスが激しさをますにつれ、稔とはピタリと連絡が途絶えてしまった。たぶん、健治があの夜のビデオ撮りに協力してもらったという口実で、いくらかの手切金を渡したにちがいない。

さらに健治は、次々と美恵子に派手でセクシーな下着を着せたりして、刺激をむさぼった。シースルーや穴あきパンティーなどを、通信販売などで手に入れ、彼女の裸身にまとわせた。

妻の情事がきっかけになったとはいえ、熟年になってから燃え上がった夫婦の性の悦びはエスカレートしていき、あげくは夫婦交換（スワッピング）にまで発展していくはめとなった。

ある夜、健治は妻に持ちかけた。

「今、ちまたでは夫婦交換というのがブームになっているらしい。どうだ、一度、試してみる気はないか」

とんでもないと思い、首を横にふった美恵子だが、夫の強い要望に逆らうことはできなかった。もとはといえば自分が招いてしまった淫欲の果てだと自らをあきらめるしかなかったからだ。それにいまとなっては肌に馴じんだ夫の肉体そのものより、そういったアクセサリー的刺激行為の方にひそかな快感を覚えていたのも事実だった。

しかし驚いたことに、その夜、ホテルで待ち合わせをした相手は、なんと稔のもと妻の有紀子だった。

「お久しぶりねぇ」

美恵子を見て、目にキラリと嫉妬の炎を光らせた有紀子の装いは、以前のボーイッシュなイメージとはうってかわって、華麗で大胆なラメ入りの黒のミニスリットドレスだった。Vゾーンの深い胸もとには白い乳房の谷間がのぞいて見える。スリットの裾からちらりと見える黒のガーターベルトと極薄の黒いストッキング。

「うふっ、久保田から聞いたわよ。あなたってなかなかのものねぇ。でもあたし前から知ってたのよ。あなたが彼に興味を持ってることくらいは……ふふ、いずれはきっとこうなる運命だったのねぇ」

かつて仲のいい友達だった有紀子にサラリと言われて、美恵子は返す言葉もなかった。

「あたし、久保田と別れてから生活が大変で、風俗関係のお店に勤めはじめたの。そこで誰と出会ったと思う？」

ライトベージュのシックなワンピース姿の美恵子の耳もとで、有紀子はささやいた。

「あなたのご主人よ」

一瞬、美恵子は軽いめまいを感じた。

まさかとは思ったが、そんな偶然があるものかとただ呆然となった。

「はじめてピンクサロンにお見えになったときのご主人たら、奥さんが夜のお相手をしてくれないらしくて、ひどく哀れに思えてならなかったわ。でもあたしそのときピンときたの。もしかしてあなたが久保田と浮気してるんじゃないかって。だって彼もあなたに気があったんだもの。夫婦なんだからそのくらいのことはわかるわ。おまけに同じマンション住いだし、きっかけならいくらでもつくれる。離婚した男にしてみれば、自分に気のあるもと女房の友人なんて絶好のチャンスじゃない。それであたし、ご主人にこっそりと耳打ちしたのよ。なんなら尾行して、ご自分の目で事実を確かめてみたらって」

稔と健治は黙ってソファに腰かけ、有紀子の饒舌に耳をかたむけていた。

「あなた、気づかなかった？　ご主人、あなたがあたしの家に入っていくところをちゃんとビデオに撮っていたのよ。だからもうなにを言ってもあなたの負けよ。もうひとつ、あたしが離婚した理由を教えてあげるわ。それは女癖の悪さよ。知ってる？　あなたと関係する前にも、ピアノの生徒たちと浮気してたんだから。でも、あたしにとってあなたは特別よ。だってあんなに仲良くしていた間柄ですもの。いくら別れた亭主だからって、あなたに寝取られたみたいな気がして、すごくメラメラきちゃったの。わかる？　今夜このスワッピングのお話をお宅のご主人に持ちかけたのは、実はあたしなのよ」

見えない相手が、見えない所で糸を引いていた……そんな事実を知った美恵子は、黙って唇をかみしめ、躰を震わせた。

「うふっ、そりゃ最初はずいぶんと迷ったわよ。だけどたった一度の人生だもの。こういうふうになるのもおもしろいんじゃないかって思ったの。だから今日はあなたの目の前で、ご主人にたっぷりとサービスをさせてもらうわ。それからあなたたちにもたっぷりと愛の鞭を振るってあげる。実は久保田はいま慰謝料の支払いで困っているのよ。その額を減らすという条件で、今日ここに呼び出したの。だから今夜はあたしの言うとおりになってくれるはずよ。でも言っとくけど、彼が他の女に求めているものは躰だけよ。あなたと再婚する気などこれっぽっちもないはずよ。わかっているでしょう。ねぇ、あなた」

有紀子がふり向き、もと夫に声をかけると、稔はうんざりした様子で、黙ってうなずきかえした。

「さぁ、前置きが長くなっちゃったみたいね。そろそろはじめましょうよ」

彼女がそう言うと、健治も立ち上がり、有紀子のドレスのホックを外しにかかった。

ブラジャーを取り、パンティーを剝ぎ、黒いガーターベルトと極薄のストッキングだけをまとった有紀子の裸身は、肌の色も白くてなめらかでなかなかのものだった。乳房は美恵子ほど大きくはないが、乳首がツンと上を向いていて形がよかった。若いころにキャンペーンガールなどをしていたことがあり、背が高く、脚もモデル並みにすんなりと長く、腰からお尻にかけての曲線美はしなやかでなやましかった。

以前は、子供たちをつれてプールに出かけたことも何回かあり、彼女の半裸身姿は見慣れていた美恵子のはずだが、やはり状況がちがっていまはかなり刺激が強かった。

有紀子自身も、子供たちを相手にしていたあのころのやさしく厳しい母親像とはまるで別人のようで、今はただ男を挑発する肉の悪女と化していた。

ツインルームの一方のベッドに裸になった健治と有紀子が、倒れこんだ。

しかし稔はまだ美恵子に手を出さずに、ソファに座ったまま、じっとふたりの様子を眺めていた。

もしかして妬いているのでは……と思ったが、表情はいつもの如く涼しげでクールだった。

むしろ美恵子の方が心を乱していた。いくら覚悟の上で足を運んだとはいえ、相手が相手だけに、冷静な気持ちではいられない。それに真面目で温厚な夫が、自らこのようなハレンチ行為に積極的に参加するとはいまだに信じられなかった。

すべては自分の浮気のせいで、夫を狂わせてしまったとわかっているだけに、せつなくやりきれない思いだった。

夫が目の前で他の女を抱く姿など、目にしたくはない。それなのにどうしても気になって目線がそちらに向けられてしまう。

どうやら健治は有紀子の局部に舌奉仕をしている。両脚の間に顔をうずめて、舌先を突きだしている。そして、健治はバイブを手にしていた。

唇愛撫のあと、健治がそれを有紀子の秘芯にゆっくりと突き刺した。

「あっ、あん、ああんっ」

有紀子の短い呻き声が聞こえる。

有紀子の姿は健治の背中にさえぎられて、よく見えない。

（ああ、やめて……なにをしているの、あなたぁ）

心の中で叫んでも、ここまできてはもうどうすることもできない。夫は振り向きもしない。美恵子はただ稔の出方を待つのみだった。だがその彼はいっこうに腰を上げようとしない。

仕方なく美恵子は稔の手を取り、自分の内腿あたりに導いた。

するといきなり躰を抱き寄せられて、耳もとでやさしくささやかれた。

「してほしいのかい？　そんなにしてほしければそこに立って、一枚ずつ洋服を脱いだあと、四つん這いになってこちらにお尻を向けなさい。そして自分の両手で割れ目を左右に広げて、腰を振りながら、してくださいとお願いしてごらん」

「そ、そんな……」

躰の芯をえぐられるような冷酷な言葉だった。

夫と有紀子がためらいもなくベッドの上で絡み合っているすぐそばで、稔にそっぽを向かれ、恥ずかしいポーズでセックスをお願いしなければならないとは……。

しかし稔の辱めの言葉に操られて、早くも下半身がひどくうずきはじめているではないか。

「ふっ、きみならできるよ。さぁ、やってごらん」

淫欲に衝かれて美恵子はその場に立ち、ゆっくりとワンピースの裾をまくりあげた。白いレースのパンティーを足首まで下ろし、手で抜き取ると、生え揃った漆黒のヘアの割れ目の奥が、ジーンと熱くほてった。

「ああ……」

稔に背を向け、ため息をもらして腰をかがめる。四つん這いの恰好になったときはじめて、稔だけでなく健治と有紀子の視線を浴びていることに気づいた。

「ああ、見ないで」

思わずもらした声はか細く震えていた。

それでも美恵子は自ら尻肉を両手でつかんで左右に開き、菊の蕾と女貝を三人の目にさらして腰を振り、「お願い、犯して」と床に額をこすりつけた。

（ああ……こんなことまでさせて、意地悪な人ね、でも、ああ感じてしまうの）

心の中で呻くと、後ろから稔の二本の指でハナビラを押し広げられて、もう一本の指で中心を突かれた。グチュリという音がもれて、尖った指が二、三度ヒダを掻き、続いて二本、三本と太い指を入れられて、膣の奥深くまで激しく突かれた。内腿に蜜汁がしたたった。

「あうっ、あんっ！」

背筋をのけぞらせると、

「ふっ、こんなものじゃまだまだ足りないだろうに」と、男根が秘口にぶちこまれた。大きく口を広げて咲き開いた花弁の端から、多量の蜜があふれでる。

（ああんっ！　あなたいいっ、やっぱりこれが最高ぅ）

淫らに腰を浮かせて、胸までまくれあがったワンピースの下の尻肉を左右にゆさぶる美恵子は、あまりの悦楽に「んぐうっ！」と獣のような声を出して悶えた。

「久しぶりの男の味はどうだい、気持ちいいか」

「ああ、ああっ、いいっ！」

だがアクメが押しよせてきたそのとき、いきなりペニスが抜かれた。

「ああん、いや、抜かないで！」

思わず腰を振って懇願すると、なにやらヒヤリと冷たいモノが触れた。

振り向くと、いつの間にか有紀子がゴールドのハイヒールをはいて立っていた。黒のガーターベルトを装着した腰には、レズ用の張形をつけている。両端に亀頭がついているものので、その一方が有紀子の秘芯に埋もれている。

「ふふ、こういうのを試してみたかったのよ。風俗のお勉強にもなるし、あなたをいじめることでストレスも解消できるわ。あなたはわたしの夫と不貞を犯したいけない人妻だもの。思いっきり犯してやりたいわ。いいこと、覚悟なさい」

有紀子のほっそりした白い指が美恵子の秘口のヌメりをぬぐい取り、それをアヌスに塗りつけては、すぼまりをやんわりと揉みほぐした。

「んっ、いやぁっ、やめてぇ」

たちまち羞恥の頂点に突き上げられた美恵子が、立ち上がろうとすると、即座に有紀子がヒールをはいた片脚で肩を押さえつけた。そして稔に前方から両腕をつかまれ、唇に秘芯から抜いたばかりの硬直が突きつけられた。

「んぐっ」

肉棒を口に含まされたのと、有紀子の秘芯から突き出た張形の亀頭がアヌスにくいこんだのが同時だった。

めりめりと菊口を広げて、たっぷりとゼリーのついたコンドームをかぶせられた張形がヒダの内に押しこまれていく。

だがいくらゼリーがついているとはいっても、そう簡単に入るものではない。美恵子はすぐに排泄感に襲われて、反射的に稔の硬直を口から抜き、恥ずかしい声をあげてしまった。

「あっ、あっ、出る、出ちゃうー、やめてっ、お願い、抜いてっ」

「仕方がないわね」

有紀子がいったん張形を抜き、健治にささやいた。

「あなたの手で奥様に浣腸をしてあげてちょうだい」

それを聞いただけで、美恵子の躰は羞恥に震えてこわばった。

(いや、いや、いや)

まるで幼い少女のように泣きすがる美恵子だったが、ふたたび稔の怒張を口に含まされて、抵抗の術をなくした。

「どうした、もっと激しく口を動かして……ただひたすらいっしょうけんめいに奉仕していれば、すぐに済む。そんなに固くならなくてもいい、ほら、ほら」

肉棒をグイグイと喉もとまで押しこまれて、美恵子は男のモノをしゃぶり続けた。

すると少しして、菊口にヒンヤリとした感触がして、今度は夫の手で腸ヒダに冷たい液体が流しこまれた。

健治がお尻の谷間から美恵子の陰部をのぞきこみながら、浣腸をほどこしている。

「どう、旦那様に浣腸されて、どんな気持ち?」

有紀子が意地悪な言葉を浴びせて、美恵子の顔をのぞきこんだ。

あまりの仕打ちだと、目を閉じ顎を浮かせる美恵子だったが、それでも口にほおばった稔の硬直にしっかりと舌を絡ませていた。

「好きな男のマラの味はおいしいかい、格別かい」

「んぐぐ」

稔の言葉責めに軽くうなずきかえし、髪を振り乱して根もとから肉棒をしゃぶりあげる。チェリーピンクの唇の端から涎《よだれ》がしたたり、内腿を浣腸の液とも愛液とも区別のつかないしずくが伝わりこぼれ落ちた。

しばらくして、下腹が苦しくなった。

「ああ、トイレに行かせて……」

涙まじりの声で訴えるが、稔は首を横にふった。

「まだだ、もう少しがまんしなさい」

「ああ、お願い……もうがまんできないわ」

美恵子が顔を上げていくら懇願しても、彼は応じない。そしてまたも口に肉棒をくわえこまされ、口奉仕を強いられた。

グルグルと下腹部がなる。排泄感が押しせまり、美恵子はめまいと耳鳴りに襲われた。

「お願いっ、行かせて！ もうダメっ、出ちゃう！」

口からペニスを抜き、必死に叫んだとき、ようやく許しが出て、美恵子は素早くトイレに駆けこんだ。

浴室で排泄後の彼女の菊の蕾を洗い清めたのは健治だった。彼はホテルに到着してから、ほとんど有紀子に押されっぱなしだった。

浴槽の縁に手をつかせられて、尻肉の谷間を夫の指でこすられこじあけられた美恵子は、声にならない声で「お願い、こんなのやりすぎよ。もうやめましょう」と訴えたが、健治は聞き入れようとしない。

「ああ……どうしてあなたが有紀子さんのお店に……教えて、偶然なの？　あなたは彼女と関係を持っていたの」

腸ヒダに指を突っこまれ、眉をしかめて荒い吐息をもらすと、健治が小さな声で答えた。

「ホステスと客としての関係はあった。だが店に行ったのは偶然なんかじゃない。彼女から誘いの電話があったからだよ」

「ま、まさか……」

美恵子は呆然となった。

「女の勘というものだ。たぶん離婚したあと、別れた亭主とおまえがこうなることに感づいていたんだろう」

耳もとで冷静にささやく夫は、もはや以前の彼ではなかった。ほんの些細な出来事がきっかけで、中年夫婦の性生活が変わってしまうことはそう珍しくはないかもしれない。健治はそのいい例だった。先刻も、目の前で稔のペニスを口にほおばる妻の姿を眺め、うっとりと目を細め、わき上がる倒錯的欲望に肉棒を奮い立たせていた。

しかし美恵子の方は、これからはじまる有紀子との淫交にどう対処していいかわからず、心と躰を震わせていた。

彩実と偶然にレズったときとは状況がちがう。

「いや、行きたくないわ」ともらす美恵子に、健治が衝撃的な言葉をつぶやいた。

「行くんだ。これからおまえは女王様の洗礼を受けるんだよ」

「えっ、洗礼？」

「不貞を犯した罰に、おまえとあの男は彼女の洗礼を受けて、今夜、肉奴隷となって淫らな悦びにのたうちまわるというシナリオになっている。それもいいじゃないか、ゲームなのだから」

夫の異常な言葉が、美恵子の頭の中に悪夢のように渦巻いた。

部屋にもどると、有紀子はシックスナインのポーズで稔の胸にまたがり、ペニスを口にしてクンニをほどこされていた。稔の手足はすでに枷のようなものでしっかりと固定されている。

それを目にしただけで、美恵子の血はさわぎはじめた。

あの快活でドライだった有紀子が、いくら生活のためとはいえ、まさか風俗嬢の女王様に成り変わるなどとは、信じられないことだった。

信じられないことはまだあった。稔はけっして嫌がってはいない。むしろ、慰謝料の額を減らしてもらえるなら望むところだとばかりに、もと妻の要求に応じて言いなりになっていた。

美恵子の躰の奥底から熱い感情がこみあげてきた。

(なんという夫婦なの!)

一度別れた夫婦がこんなふうな淫交にふたたび燃え上がるなんて……。これもすべてスワッピングという摩訶不思議な媚薬の効き目だというのか。

躰を起こした有紀子が、稔の唾液に濡れた自分の秘部にレズ用の張形を埋めこみ、美恵子に四つん這いになるように命じた。

健治に肩を押さえつけられ、床に両手をついて犬のポーズを取った美恵子は、顎を床に押しつけ、両手首と両足首を枷でひとつに括られた。

つながれた両手足を左右に広げられると、自然に尻肉の谷間が全開になる。

有紀子の秘芯から突き出た張形の先にコンドームがかぶせられ、美恵子のさらされた菊の蕾にたっぷりとゼリーが塗りこめられる。

（ああ……いや、恥ずかしい……）

かつての女友達に、負け犬みたいな格好でお尻を辱められて、この先なにをされるというのか……考えただけでもゾッとなった。

指で菊口をいじられたあと、有紀子が腰をピタリと押しつけて、張形の先端をゆっくりと腸ヒダに挿入した。

「うっ、あはあっ」

すぼまりが大きく口を開いて、張形が奥にくいこむほどヒダに鋭い痛みが走った。そのうえ息苦しくてならなかった。

「ふう、やっと埋まったわ。いまどんな気分かしら？」

有紀子の問いかけに、美恵子は「ん、くくっ」と啜り泣くような声をもらした。

これから激しい抽送がはじまるのかと思っただけで、躰がブルブルと震えはじめた。

女王に変身した有紀子は、健治に目配せをして、「顔を上げるのよ！」と美恵子の頬をピシャリと打ち据えた。

「あうっ」

美恵子が顔を上げて躰をよじったとき、鼻先に健治の怒張が突きつけられた。両手で肩を抱き上げられると、自然に唇が開いて口に硬直が含まされた。ほとんど同時に、アヌスに刺さった張形が抜き差しをはじめた。

排泄感はあったが、腸の中は空の状態なので、ただ痛みと苦しみに耐えるのみだった。眉をしかめて、有紀子と健治の腰の動きに身をまかせるしかない。

ふたつの怒張は、容赦なく美恵子の後ろの口と上の口を責めまくった。大きな乳房がゆさゆさとゆれる。

フェラチオの動きが激しくなるたびにつながり合った局部がより深くヒダにくいこむ。

「あ、あんっ、すごいわ」

有紀子の口からも呻き声がもれて、腰のリズムがいっそう淫らになった。

膣口ではなく、菊口に張形を受け入れている美恵子は、夫の硬直をくわえた唇の端から唾液をしたたらせて、もう放心状態に近かった。

「ああ、いいわぁ……すごい快感！」

有紀子の叫びに、

「きみには以前からレズの気があったんじゃないのか」

と、ベッドの上で手足を拘束されて為す術のない稔が声をかける。

「うるさいわね、おだまり！」

しかし有紀子はすでに以前の彼女ではない。

「こんなのまだまだ序の口よ。今夜はあなただってその生け贄よ。しばらくそこでじっと見てるといいわ」

ピチャピチャ……グジュグジュ……ひとりの女の蜜園ともうひとりの女のアヌスから、卑猥な音がもれでる。

「あっ、ああっ、イクわっ、あ、うっ、ああっ！」

数分後、有紀子がいきなり躰を震わせ、背筋をのけぞらせた。その直後、タイミングよく健治の硬直も妻の口の中ではじけて、生臭い精液を飛び散らせた。

肛門責めはそこまでのはずだった。有紀子が自らの手で秘部から張形を抜き取った。

美恵子の後ろの口は痺れてほとんど感覚を失っていた。

夫の精液で口を濡らした美恵子は、アヌスから張形が抜かれる屈辱の瞬間を待った。だが辱《はずかし》めは終わらなかった。

「さぁ、今度はそれであの人のお尻を突いてやるのよ。ふふっ、あなたの愛しい男のお尻の穴をよ。どう、嬉しい？　不倫の果てにふたりのお尻をひとつにつなげてあげるわ。なんて滑稽でいやらしいお遊びかしら。大丈夫、あの人の腸の中は、さっきあたしが浣腸してきれいにしてあげたばかりだから、あなたのお尻に付けたペニスのしっぽで、たっぷりといじめてかわいがってあげるといいわ」

とたんに美恵子の顔が青ざめた。

まさか！　と耳を疑ったが、有紀子は本気だった。

美恵子は健治に抱き上げられて、ベッドに仰向けになった稔の腹の上に後ろ向きでまたがされた。

稔の両足首は両手首といっしょに枷で括られ、さらに両膝と胴体をゴム製のベルトでひとつにされて、アルファベッドのWの字のように大きく開脚している。

彼に背を向けた美恵子も、同じように両手首と両足首を枷でひとつに拘束されていた。もと妻のあまりに苛酷な仕返しというべきか。それでも稔は慰謝料のために、やむを得ないというあきらめの様子だった。

「お願い、やめて、許して」

必死に健治に懇願する美恵子だったが、夫は聞き入れなかった。

美恵子の尻肉の谷間から突き出た張形の先端が稔のアヌスにあてがわれて、ヒダを押し広げている。

「うっ、ううっ、美恵子、やめろ」

眉を歪ませる稔の口から、思わず降参の呻き声がもれた。しかし彼の手足は自由を奪われ、無防備に大きく広げた肛門のすぼまりを、自分が調教してきた女に辱《はずかし》められようとしている。しかしペニスはいきり立っていた。

「ああっ、あなた許して！」

張形がすぼまりに突き刺さったとき、有紀子が稔の肉棒にスッと手を伸ばした。

「もうコチコチじゃない、あなた。しごいてあげましょうか」

そして二、三度きつくしごきたてたあと、今にもはちきれんばかりの猛りを口に含んだ。

「うっ！」

反射的に稔の腸ヒダが収縮するのと同時に、美恵子の秘口にうずきが押しよせた。

「ああっ、アソコが……ああ……」

有紀子が口からペニスを抜き、そんな美恵子をなじった。

「アソコがどうかしたの？　ちゃんとわかるように言ってごらんなさい。そうしたら思い通りにしてあげてもいいわよ」

「ああ、アソコが、たまらなくうずうずして……お願い、せめて手足だけでも自由にして」

「そんな上品な言い方じゃダメよ。あなたのいやらしいオマンコはいま、男の固いチンポが欲しくてたまらないんでしょう。それを卑猥な言葉で説明するのよ」

「はあっ、わたしの、オ、オマンコはいま、男の固いチンポが欲しくてたまらないの、い、入れてー」

稔を前にして、恥ずかしい言葉を自ら口にした美恵子は、愛液に濡れた秘芯を激しくうずかせ、腰を浮かせた。

「そう、そんなに言うのなら、入れてあげるわ。ほら」

そこに有紀子の白い指先が伸びてきた。

「ああっ、いやー」

二本の指が秘芯に吸いこまれて、ズブズブと乱暴にヒダを掻きまわした。

有紀子が美恵子の陰部を指で犯しながら、ふたたび稔の硬直に口を開く。それからふたりの自由にならない手足のかわりに、口と指で思いのままにもてあそんだ。

「ふふ、健治さんどう、馴れ合いの果てのこのふたりの無様な恰好は……」

有紀子の言葉に健治がうなずき返す。

「さあ、腰を振るのよっ、もっと早く！」

平手でお尻を叩かれた美恵子が、呻き声をあげながらゆっくりと腰を上下に動かす。

「あっ、んんっ、あんっ、んんーん」

菊門と膣ヒダを一度に刺激されて、美恵子のセミウェーブの髪は乱れ、瞳は潤み唇は渇き、もはやいつもの様相ではなくなっていた。前の口を有紀子の指でいじられ、後ろの口に深く張形をくわえこみ、魂の抜けたような表情で恥ずかしい裸体を夫の前にさらけだしていた。

摩擦のたびに、生え揃ったばかりの恥毛が稔のヘアとこすれ合う。

「もっともっと腰を振って！」

怒鳴る有紀子の手には、ズボンのベルトが握りしめられていた。

それでお尻を叩かれた美恵子の腰の動きは、否応無しに激しさをました。白い双臀に真っ赤な鞭の痕が残される。

稔も口を半開きにして呻いた。

「うっ、うう、いいからもっと腰を振れ、早くっ」

「ああ、あなた、ああ、許して」

美恵子がピストンを速めると、アヌスの括約筋を刺激されているだけに、たちまちペニスはふくれあがって射精の瞬間を迎えた。

「うっ、イクぞっ、おお、おおっ！」

「あぁっイッてー、あたしもイクぅ、イクわぁっ」

両手両足を括られたふたりは、ひとつにつながれた局部にだけ全神経を集中させて、言いようのない快感に震え上がった。

直後、稔の体液がドクドクと膣内に流れこみ、美恵子はうっとりと目を見開き、無意識のうちに彼の頬や唇に口づけた。ヒダが大きく脈打ち、痙攣をはじめた。

「ああ、あなたぁ、許して、許してっ」

目をぐったりと閉じた情人が、今までになく愛しく思えてならなかった。

数分後、稔と美恵子は互いの膝と膝、肘と肘を枷で括られ、下半身をひとつにしたまま、ダルマのように床に放り投げられた。さらにMの字に開いた腿と腿をゴム製の黒いベルトできつくつながれた
人間ダルマとなったふたりの背中をヒールの爪先で押したり蹴ったりする有紀子の興奮もひたすらエスカレートするばかりだった。
彼女をここまで過激に駆り立てたものはいったい何だろう。やはり嫉妬だろうか。頭の中が混沌となった。
これはもうスワッピングの域を超えたSMプレイの世界だった。

ひとりの女王が家来を従え、一組の男女を辱めている。

有紀子の腰に装着された黒いガーターベルトと足もとのゴールドのハイヒールは、女王様の象徴だった。

肉棒をくわえこんだ美恵子の膣内から精液がしたたり落ちて、蜜汁と共に互いの股間をヌメらせていた。アヌスにはまだ張形が埋もれたままだった。

ちょうど美恵子の顔は稔の首筋より下あたりにあった。

「さぁ、イッたご褒美にいいものをあげるわ」

有紀子が人間ダルマにまたがり、白い腿の谷間の漆黒の割れ目から、いきなり小水を飛び散らせた。

「うっ！」

黄金色の滴が稔の顔面を濡らして、美恵子の顔にも伝って流れた。

「ひっ！」

一瞬、美恵子は有紀子のヒールの爪先を見るような感じで顔を伏せた。ひどい屈辱だったが、彼と躰をひとつにして懺悔の聖水を浴びているのかと思うと、不思議な恍惚感に包みこまれた。なぜか秘芯が熱くうずいて、ヒダの内の硬直を締めつけた。

「口を開けるのよ！」

有紀子のヒステリックな命令に従い、口で放尿のしずくを受け止めた。

ところが信じられないことに、目を閉じてあえぐ稔の肉棒が膣内でふたたび固さをましてふくれあがっていた。もしかして、聖水浴びの効果かもしれなかった。

稔はS的興奮しか感じないと思いこんでいた美恵子の衝撃は大きかった。

SとMは背中合わせなのか。稔のアヌスに張形を突き立てたときの美恵子も、あきらめと同時に今までにない異常な興奮に包みこまれていたのは事実だった。

受け身の女が男を辱めるとき、躰中の血がさわぐような陶酔感に突き上げられる。まるで吸血鬼になった気分で男の躰に嚙みつき、食い殺してしまいたくなるほどの残酷な愛欲に駆られるのだ。

「お舐めなさい」

放尿のあと、有紀子が稔の顔の上に身をかがめて両足を開く。黒いガーターベルトの似合う漆黒のデルタの割れ目に彼の舌が突き出された。

有紀子が満足そうな艶笑を浮かべて、稔の顔面に尻肉を下ろす。顔を押しつぶされた彼は、苦しさのあまり夢中で口奉仕をはじめた。

ズズッピチャという淫音がもれる。

「以前はこんな過激なことしてくれなかったわよねぇ。あなたがあたしの躰に触れるのは月に一度だけ。それもおざなりのセックスだったわ。どう、オシッコのまざったもと妻のラブジュースのお味は？」

開脚してひとつにつながり合ったふたりの陰部を真上からのぞきこみ、有紀子がささやく。その隙に片手を差し入れ、睾丸をつかんで、激しく揉みしだいた。

「うっ、うー」

稔の呻きをよそに、もう片方の手で美恵子の乳房をわしずかみにして荒々しく撫でまわす。

「あんっ！」

美恵子が躰をのけぞらせると、「おだまり！」と言って乳首をつねった。

嫉妬に駆られた女王の手にかかれば、玉袋も乳房もまるでお手玉のように思うがままにもてあそばれた。

すると稔の硬直がまたヒダの内でふくれあがるのがわかった。彼と恥辱を共にしているかと思うと、美恵子の秘芯も脈打った。

有紀子の手に力がこめられ、稔の顔面に押しつけた尻肉がゆさゆさとゆれて頬にこすれる。さらにこれでもかとばかりに蜜口が彼の唇に押しつけられた。

「うふ、あなたのオッパイってやわらかいのねぇ。パイズリにぴったりだわ。したことある？」

美恵子が首をふると、「うそおっしゃい！」と頰をぶたれた。

「わたしは友人の亭主をつまみ食いした淫乱女だって言ってごらんなさいよ」

髪を引っぱられ、唾を吹きかけられた美恵子は、きれいな三日月の眉を寄せ、唇を嚙みしめた。

悔しいが、有紀子の言ったことは事実である。もちろんつまみ食いをしたつもりなどないが、友人を裏切る形となったことにかわりはない。

自分には自分の、また有紀子には有紀子の女のプライドがあった。唇が震えて、躰の奥底から哀しみにも似たせつない感情がこみあげる。乳首を強くつねられ、引っぱり上げられたとたんに、それが言いようのないあきらめと自虐の快感となってふくれあがった。

「ああ！　わたしはあなたのご主人を横取りしたふしだらな女よ、どうか許して！」

瞳を潤ませ、美恵子の表情は恍惚となっていた。それから頰をピシピシと叩かれ、つねられた。

「あああっ！　いいわ、なんでもするわ！　だからもっといじめて！」

肉の悦びにまかせて叫んだ拍子に、熱く火のついた膣ヒダがキュンと痺れて男根を締めつけた。

「うっ！」

稔が腰を浮かせて、躰を震わせた。

だがしっかりと下半身を固定されているふたりは、イキたくてもイケない哀れな状態だった。

はちきれそうな肉棒の脈打つ感触が子宮底にまで届いている。

「あっ、ああっ、お願い、イカせて！」

そう懇願しただけで、愛液があふれでた。

「ならたっぷりといじめてから、イカせてあげるわ」

有紀子の尻打ちがはじまり、美恵子の白い双臀は平手でぶたれてたちまち赤く腫れ上がった。

稔の顔面も、蜜汁にまみれてぐしょ濡れになっていた。

気がつくと、夫の健治がすぐそばでビデオカメラをまわしている。

「あ、あ、やめて」

美恵子の声は力をなくしてむなしく響いた。

ただ、皆の瞳だけがギラギラと燃えて、熱い肉欲に脂ぎっていた。

やがてふたりは、股間に火のついた状態のまま鎖のついた首枷をつけられ、トイレのドアのノブにつなげられた。

とても耐えられる姿勢ではなかった。

有紀子がベルトの鞭をふたりの背中に交互に振り下ろした。もと夫の背中から腰、そして美恵子の尻肉にピシピシと鞭の嵐が飛んだ。

「ああっ！」

「うっ！」

肉奴隷となったふたりの男女の口から交互に呻き声がもれて、ぶたれた背筋をそらせるたびに、双方のヒダに埋もれた怒張がピンとはりつめて、アクメや吐精を促した。

「さあ、これからいいものを見せてあげるわ。目を大きく開いて、ちゃーんと見るのよ」

鞭にあきると、有紀子が健治をうながし、ベッドに誘いこんだ。

健治の言ったシナリオとは、こういうことだったのかと美恵子は思った。彼は稔と妻が有紀子にいたぶられている間も、ずっとビデオを撮り続けていた。

もともと釣りとかバードウォッチングとか、なにかにはまりこむと一途な性格ではあったが、熟年になって性の悦びを知った彼は、ここにきてピンク映画監督さながらのカメラ狂になった。そしていまや監督自らが自作映像に参加していた。

有紀子がシーツの上に座り、両脚の間に素裸の健治をかがませ、黒いガーターベルトの下にあらわになった秘園に口奉仕をさせた。

そのあと有紀子は躰を倒して健治の上にまたがり、フェラチオをほどこした。

これまでのハードなプレイに比べたらごくノーマルな光景ではあったが、それでも両手足を拘束され、首輪につながれた美恵子と稔の下半身にはかなりの刺激をもたらした。

イキたくてもイケない状態のふたりは、ただ辛いうずきに唇の端を唾液で濡らし、夫ともと妻の淫らなセックスを目に焼きつけて、ヌメった陰部をうずかせ「早くイカせて！」と呻いていた。

前戯が終ると、やがて健治と有紀子の躰はひとつになり、正常位、バック、座位と移り変わって、ようやく絶頂を迎えたときには、三十分が経過していた。

稔の額から汗がしたたり落ちる。美恵子はそれを舌で舐め取った。

絶頂の瞬間を、ふたり同時にこんなにも待ちこがれたことはない。

躰は苦しくても、美恵子は恍惚とした悦楽の快感に包みこまれていた。

見せつけの長いセックスを楽しんだ有紀子が、ふいに立ち上がった。

（ああ、早く鎖をはずして！）

しかしそんな目で見つめる美恵子の前を通りすぎて、冷蔵庫の缶ビールを手にしただけだった。それからおいしそうに口に流しこみ、健治に差し出した。

健治も生唾を飲みこむふたりの前で平気で喉を潤した。

美恵子が思わず目を閉じたとき、有紀子がまたゆっくりと腰を上げて、ベッドの脇に置かれたバッグの中からリモコンを取り出した。

「ふふっ、イキたいんでしょう」

蔑みのまなざしを浴びせられた稔が、思わず叫んだ。

「ああっ、早くイカせてくれ！」

「あなたはどうなの？」

見つめられた美恵子もうなだれ、

「イカせて、お願い」

と懇願した。

「そう、ならイカせてあげる。ふっ、ふふっ」

有紀子が笑い声を上げてリモコンのスイッチを押すと、突然ひとつにつながれた美恵子と稔の肉ヒダに激しい衝撃が走った。

「ううっ！」

「ああんっ」

ブルブルと張形が振動して、膣内の稔の硬直はたちまちはじけそうになった。

「あっ、出るっ！」

稔が口を開けて躰を大きく震わせ、三度目の射精を迎えた。スイッチが押されてから、ものの三分も経たぬ吐精だった。

「あっ、あなたぁっ、ああっ」

長いじらしのあとのきわめつけのエクスタシーだけに、美恵子の秘壺も燃えるように熱い痺れをともなった。

摩擦をせずに絶頂に達したのは、お互いはじめてのことだった。

第七章　偽装レイプ

「このまえ亮平くんのおじちゃん見たよ」

十二月初め。娘の晴香を連れて誕生日のプレゼントを買いに街に出かけた日曜日のことだった。

「かわいいお姉さんといっしょに、手をつないでお店に入っていったの」

晴香の言葉にハッとなったものの、美恵子は、たぶん相手は彩実だろうと思った。

「ふうん、そのお姉さんってどんな感じの人？」

さりげなく尋ねかえす。

「近くで見たわけじゃないけど、小柄な感じの人。肩くらいまでのさらさらした髪とね、目がクリッとしてかわいかった」

「それでどこのお店に入っていったの？」

「宝石屋さん」

ということは、彩実に贈る指輪などを品定めしていたのだろうか。ふたりの仲はそこまで進んでいたのか。嫉妬というより、なにかせつないような感情がこみあげてくる。

これで稔とは官能の関係ではあっても恋愛の関係ではなかったということが証明されたのだ。けれどもそうすっきりとわりきれないのが男と女の違いでもある。

(あの人はわたしの躰だけを欲していたし、わたしもあの人の躰だけが必要だった)

わかっていたことだが、気分が重かった。

確かに夫と共謀して自分を辱めたような男であっても、他にどんな裏切りがあったとしても、躰に染みついた官能のうずきは消せはしない。

「ねぇ、ママっておじちゃんところでピアノ習ってるんでしょ。だったらあたしもいっしょに習いたいっ」

いきなり晴香に目の覚めるようなことを言われて、動揺のあまりに足を止めた。

「もう習ってないわ。でもどうして知ってるの?」

いつも彼の家に行くときには、口実として、「おかずを差し入れに」と言っていたからだ。

「亮平くんのママから聞いたの。このまえ電話があったの。亮平くんともお話ししたわ。元気にしてたよ」

「どうして黙ってたの」

頭に血がのぼってきつい口調になると、「ごめんなさい」と言って晴香は肩をすくめた。

「いつなの?」

「んーんと、十月の終わりくらい」

スワッピングをしたあとのことだ。

「それでいったいなにを話したの」

「えっと、パパとママは仲良くしてる? って聞かれて、まあまあって答えたの。それと、ママがおじちゃんところでピアノを習ってるの知ってる? って言われて……だったらあたしもいっしょに習いたいって言ったの。だって今のピアノの先生、あんまり好きじゃないの、だから……」

「それ以外は?」

「それだけよ」

内心ホッとしたものの、なぜ有紀子がそうまでしてこちらの家庭の事情を探るのかが腑に落ちなかった。

スワッピングは一度きりだったが、あれ以後、不思議なことに夫は躰を求めてはこない。夜の行為の刺激になればと彼が企てたことだけに、どう考えてもおかしかった。

たぶん、有紀子の店に入り浸っているせいかもしれない。もしかしてあのときのセックスをきっかけに、ふたりで密会を重ねているのかも……と美恵子は躰の芯を震わせた。

自分の躰より彼女の方がよくなってしまったのかしらという不安もあった。

夫が撮ったビデオを刺激にして毎夜、異常なほどに興奮してセックスを求めてくるという最初の目算は狂ってしまった。

だとしたらスワッピングは何の意味があったのだろう。有紀子は彼女と同じように自分を離婚に追いこもうとしているのか、考えれば考えるほど頭が混乱した。女のしたたかさはこわい。嫉妬という怪物は目に見えないだけに、彼女の内面がよく理解できなかった。

もうひとつの原因としては、会社でのトラブルが影響している可能性もあった。

熟年の性に目覚めるまでは仕事のほかに釣りやバードウォッチングにはまりこんでいた健治は、最近では、人件費節減のために残業時間が減ったために余暇の楽しみにふりむける時間が増えていた。だが一方で、仕事に対する情熱は自然と薄れていき、リストラ対象となるのも目に見えていた。近頃では年齢のせいもあるが、会社で神経を使いすぎて眠れぬ夜が続いていた。

このままではいけない。家庭が崩壊してしまう。離婚を避けるには何か別の方法で、夫の気持ちをもう一度自分に向けさせる必要がある。そのためにはまた淫らな試みをしてもいいとひそかに思う美恵子だった。

もちろん、あんなハードなSMプレイは二度とやりたくはないが、夫を元気づけるためなら多少の過激な行為はがまんすることができる。ズルイようだがやはり美恵子には家庭は捨てがたかった。だから有紀子のようにはなれない。まず子供が犠牲になるのがなにより辛かった。そう思うと、亮平に対しても、娘の晴香同様に愛着を感じてならない。

でもそれも言いわけにすぎないのかもしれない。本当はせめてもう一度、稔と肌を重ね合わせたいと思っているのだ。どういう形であっても触れ合っていたかった。愛してはいないと言い聞かせながらも、やはり気にかかる。

しかし、夫を有紀子に奪われたくはない。このうずく躰をなんとか癒したいということもあった。

深夜。美恵子は眠れずに何度も寝返りをうつ夫のそばに寄り添い、こうささやきかけた。

「ねぇ、わたしたちにはやっぱり刺激が必要だわ」

健治の肩が反応したのを感じて、頰に唇を押しあて、そっと股間のモノを撫でさすった。

今までに、こんなふうに自分から夫を挑発したことなど一度もなかった。

ネグリジェの裾をはだけ、彼の手を太ももに導く。

パジャマのズボンの中に手を差し入れ、握りしめた夫のモノは少しふくらんだが、以前の興奮状態のときのような猛りはなかった。

「それはどういうことだい？　いくところまでイケってことか」

健治がポツリとつぶやき、妻のすべすべの太腿を撫で返した。そして「本当にいいのか。覚悟はできているんだな」と小さな声で念を押した。

数日後の夕刻。夫から呼び出しの電話が入った。会社近くの居酒屋で急に気分が悪くなったから迎えに来てくれということだった。

さっそく出かける支度をして、カカオブラウンのコートをはおると、晴香が「どこに行くの」と心配そうに尋ねた。

「急用なの。すぐに帰るから待ってて」

美恵子はピザの注文をしてから、急いで家を出てタクシーに飛び乗った。

夫の身になにかあっては大変だ。マンションのローンだってまだ残っている。現実的なことばかりが頭をよぎった。

だが、電話で教えられた居酒屋にたどりつくと、夫の姿は見あたらなかった。店主に聞くと、つい今しがた店を出ていったという。

「どんな具合だったんでしょうか」

「さぁ……ビールを一本、日本酒を二本飲まれたあとは、テーブルに顔を伏せてずっと居眠りをされてました」

お店を出てあたりをうろうろしてみたが夫は見つからない。携帯電話もつながらなかった。

冷たい風を遮るように、コートの襟をたてる。ブーツの音を響かせ、駆け足で探しまわるうちに呼吸も荒くなり、躰もほんのりと熱くなってきた。

「いったいどこに行ったのかしら」

そう思いながらパチンコ屋に入り、見渡してもやはりいない。客の男たちの好奇に満ちた視線が全身にはりつき、とっさに背を向けて小走りで店を飛び出した。

栗色のセミウェーブの髪が夜風になびいて、家を出るとき急いでつけたチェリーピンクの口紅も乾きはじめている。

「ふうっ」とため息をついたとき、携帯電話が鳴った。

「もしもし」

夫の声だった。

「あなたっ、どこにいるの」

「ちょっと酔い覚ましに、近くの公園まで歩いてみたんだ。いまベンチで休んでいるよ」

「どこの公園？ からだは大丈夫なの」

「ああ、大丈夫だよ。いま缶ビールを飲んでる。おまえも来て一杯やらないか」

「もう飲まないほうがいいわ。いまからそっちに行くから待っていてくださいね。それでどこの公園なの。なにか目印はあるの？」

「大きな時計台と噴水がある。おまえこそどこにいるんだ？」

「お店から駅に向かって少しきた所にいるわ。コンビニと映画館の間の交差点の……」

「ならその先のひとつめの信号を右に曲がってまっすぐに歩いてきなさい。その先だから」

「わかったわ。必ずそこにいてね、動かないでね」

美恵子は、寒さのせいで尿意をもよおしていたが、小走りに目的地に向かった。

園内に入ると、すぐにベンチがあった。噴水を囲んで六つのベンチが並んでいる。しかしベンチには誰もいなかった。

(どうしたのかしら。動かないでと言ったのに)

また携帯のベルが鳴った。

「あ、あなたっ、どこにいるの」

「これからビデオ撮影をするところだ。早く来なさい」

電話の声は先刻とはちがい、異常に落ちついていた。

なにか変だと思いながら、公園の出口へ向かった。途中、木陰にひとりの男が立っているのが気にかかった。

（もしかして？）

通りすぎようとしたとき、黒い皮ジャンを着た男の手がスッと伸びてきた。

逃げる隙もなく腕をつかまれ、テニスコートのフェンスの奥に広がる草むらに引っぱりこまれてしまった。

「うっ！」

叫び声をあげようとしたが、首に腕を巻かれ、喉もとを押さえつけられているために苦しくて身動きができない。

「おとなしくしろ」

暗闇の静寂の中に、男のこもった声が響く。見ると男はパンストのようなもので覆面をしていた。

美恵子はその場でコートのボタンを外され、グレーのワンピースの胸の谷間をはだけられた。

「うっ」

あまりの驚きに叫び声さえ出ない。緊張と恐怖で思わず尿意の糸がきれてしまいそうだった。

男の手が強引にブラの谷間に割りこみ、乳房のふくらみを荒々しく揉みしだいた。

「いいオッパイしてんじゃないか。たまんねえな」

フェンスに押しつけられて、スリップとブラを引き裂かれ、乳房に唇を押しつけられた。

「はあっ」

実は、美恵子が大声を出せないのにはもうひとつわけがあった。

この強姦魔は知らない男ではないような気がした。男に腕をつかまれ躰を引き寄せられたときに、そう思った。夫が以前、会社の帰りに家に連れてきた営業部の後輩の田中潤一という男のようだった。年は二十八歳の独身で、体つきは華奢ではないが、おとなしくて内向的な性格だった。ストッキングで顔をおおい声をこもらせてはいても、田中にちがいないと思えた。声色や身ぶりはごまかしがきかない。

(どうしたのっ、いったいなぜこんな場所に……。ま、まさか夫に頼まれて……)

一瞬、そんな思いが頭をかすめた。

考えてみれば、夕刻の夫からの電話といい、つい先ほどの一言といい、すべてがなんとなく不自然である。こんなことは今までになかったことだ。

（ああっ、まさかこれもあの人が作ったシナリオだというの！）

乳首がきつく嚙まれて、引っぱり上げられた。

「あう！　痛いっ」

歯をくいしばって耐えたが、額に汗がにじんだ。

「いっそのこと、嚙み切ってやろうか」

「いや、ああ、やめて……」

「だったらパンティーを脱いで、そこにしゃがみこめ」

男は苛立った様子で、

「早くしろっ」と声を強めた。

記憶にあるのは臆病そうな田中の面影だった。食事中にも美恵子の全身をチラチラとうかがい、目が合うとポッと頰を赤くするようなタイプだった。その彼が強姦魔に成り変わるなどとはとても信じられなかった。

その後、一度、真昼に突然、彼が自宅マンションに訪ねてきたことがあった。夫は会社で娘も学校に行っていた。彼は有給休暇を取ったと言い、田舎から送られてきた野菜や果物をたくさん持ってきてくれた。

お礼にお茶でもと思い、居間に招き入れた。彼は上機嫌で、田舎の両親のことや会社の話に饒舌になった。

ちょうど美恵子の欲求不満の種がふくらみはじめていたころだった。彼の話し相手になりながら、ふいに（自分に気のある若い男の子の心をちょっともてあそんでみたい）というたずらな衝動がわき起こった。

美恵子はソファに向かい合わせになったとき、それとなく着ていたワンピースの裾を持ち上げ、脚を左右に開いてみせた。

俗にいうパンチラというやつだったが、彼は異常に興奮した様子で、美恵子の極薄のストッキングの腿から谷間の白いレースのパンティーにじっと目を凝らした。

そのあと舐めるような目でうっとりと美恵子の脚の爪先から全身を崇め見た。

（うふっ、そわそわしてるわ。一度、穴あきパンティーかなんかはいて、たっぷりと興奮させてみたらすごいかもしれないわ。せっぱつまった彼を脚もとにかがませ、爪先でじわじわと固くなった男のモノを撫でまわして、そのあと脚の指を一本ずつていねいに舐めさせるの。ご褒美に太ももの間にアレをはさんで、素股をしてあげてもいいかしら。うふ、考えただけでもおもしろそう）

ところが考えが甘かったのか、次に遊び心が一転するような出来事が起こった。

話題が途切れると、彼の目が粘着質な色合いを帯びて鋭くなった。危ないと感じたときには、ソファの上に倒され、襲いかかられていた。

美恵子はとっさに彼の頬を打ち、膝で股間のふくらみを蹴り上げた。そして「うっ」とうずくまった彼に向かって、「上司の妻に手を出すなんて最低の男よ！　もう二度と来ないで！」と冷たい罵声を浴びせかけた。

彼はふたたび来ることはなかったが、嫌な思いだけが残った。稔とは恥ずかしいほどの淫らな関係を持ちながらも、田中に対しては翻弄しただけで欲望を微塵も感じなかった自分がよく理解できない。だが犬や猫でも肉感的相性というものはある。田中は美恵子の性欲を満たすにはまだ一途で若すぎたのだ。

そんな彼がもし夫から強姦魔になってくれないかと頼まれたとしたら、こんな絶好のチャンスはないはずだった。

罪つくりなのは夫である。しかし夫に刺激を求めたのは自分だった。だから夫は「覚悟はできているのか」と言ったのだ。

男に首をつかまれた美恵子は、言われたとおり両手でワンピースの裾をまくりあげ、極薄のパンストといっしょにパールピンクのパンティーを脱ぎ取った。股布にはわずかなシミがついている。襲いかかられたときの衝撃のせいだった。

「ふっ、なかなか色っぽいパンティーだな。これを餌に男をベッドに誘いこむのか」

脱いだばかりのそれを男は鼻先に押しあて、下半身をあらわにした美恵子は、躰をブルッと震わせた。

「ワンピースを胸までまくりあげてみろ。早く」

稔の辱めのやり方と手口が似ていた。無意識のうちに、美恵子の肉欲の種を掘り起こし、放恣な淫欲の世界に引きずりこんでいってしまう稔の淫ら技だった。

でもここは初冬の星空の下だ。ましてや相手は夫の会社の後輩で、彼に対する思い入れなどなにもない。あるのは緊張感と不安だけだ。だが結局、命令に逆らうことができずに、ワンピースをまくり上げて下半身を外気にさらすと、暗闇の中にむっちりした白い太ももと、うっすらと茂った陰毛の翳りが浮かび上がった。

「ふっ、うまそうなオマンコだな。見ただけで味見したくなる。毎晩、ここを亭主に舐められてるのか、そうだろ」

男の指が秘毛をスッと撫であげた。

「ううっ」

冷たく淫らな感触だった。

「言えっ」

「うっ……最近は、あまり……」

「ふうん、なら舐めてほしくてうずうずしてるんじゃないのか、どうだ、がまんできないだろう」

黙っていると、「言え」と頬をつねられた。

「ああ、そう……舐めて、ほしい」

言った拍子に頬が真っ赤に染まり、男が身をかがめて、「どれ」と唇を開いた。

腰をグイと引き寄せられて、夜風にさらされたむきだしの桃尻が、男の冷たい手で撫でまわされる。

舌先が淫裂のヌメりに触れたとたんに、美恵子の躰は震え上がった。

「あぁ……」

熱い吐息が口からもれでた。

何度も経験した感触だが、今夜は別だった。

以前から稔と青姦というのを一度、やってみたいとは思っていた。通常の感覚では恥ずかしくてできないことを、稔とならなんでもやってのけられそうな気がしたからだ。

「どうした、躰が震えているぞ。気持ちよすぎるのか？　どうなんだ」

「はあ、ああ……」

白い尻肉が夜風にさらされている。

瞳を潤ませ、身をよじると、思わず啜り泣きのような声が口からもれた。

男の舌は秘肉にくいこみ、ペチャペチャといやらしい音をたてて、犬の舌のような愛撫を繰り返す。

（ああ、彼は本当に強姦魔に成りきっているんだわ）と美恵子は思った。（これは形を変えた一種のスワッピングなのね、たぶんこの計画を企てた夫は、この様子を夢中でビデオに撮っているはず。わたしが彼を好きでないことを知っていながら、わざと彼を使ったのね。わたしの苦痛に歪む顔をビデオにおさめたいがために……ああ、でも夫を元気づけるためには、たとえ演技でも淫らなふうに応えなければ……ああ、でも……）

「はあっ、ああいい……」

思わず顎を浮かせて、両手で彼の髪の毛を撫でまわす。とたんに躰を突き放されて、次の命令を下された。

「そこにしゃがみこんで、脚をガバッと開いてみろ」

美恵子は素直に男の足もとに腰をかがめた。そして尻肉をあらわにしたまま、ワンピースの裾を胸までまくりあげたまま、両脚を開いた。

「ふうん、極上だ」

谷間をのぞきこみながら、男がつぶやく。

美恵子は背筋をゾクッとさせた。

腿の谷間に顔を埋めた男の鼻先が肉芽に触れると、乾いた唇が半開きになった。長い睫と肩になびく栗色の柔髪が微妙に揺れ動く。

男が皮ジャンのポケットからペンライトを取り出した。

「もっと脚を開け」

そう言ってスイッチを押した。

美恵子がうっすらと目を開けて「ああ……」とせつない吐息をもらす。そんな彼女のなやましいしぐさをよそに、男はさらに攻撃的になった。

「ほら、もっとガバッと広げてみろ、さぁ早く！」

内腿を手でピシャリと叩かれ、美恵子はブーツをはいた両足の幅を広げて大きく内腿を左右に開いた。

肉づきのいい太ももの谷間を、冷たい外気が通りぬける。

いくら人気がない場所とはいえ、星空の下でハレンチなポーズを強いられた美恵子は、羞恥のあまり躰の芯を熱くうずかせた。

ペンライトの明かりがむきだしの秘園を照らし出す。

逆三角形の翳りに埋もれたピンクの花弁やツンと尖った肉芽、ヌメりを帯びて白く光った秘口が男の目にさらされた。

秘水口あたりは尿意が押し迫っているだけに、充血してふくれあがっていた。

「ふっ、なかなかいやらしい眺めだ」

男は口もとを卑猥にほころばせ、

「そこに指を入れてオナニーをしてみろ」

と淫らな要求をしてきた。

「うう」

美恵子は一瞬、夫のカメラを意識した。足をMの字に開いた恥ずかしい姿やペンライトで照らされた女陰を写し出す淫らな凶器を。

見まわすと、五メートルほど先の大きな楠の陰から、レンズがこちらを向いていた。

今まで野外での自慰行為など強いられたことはない。あきらめと同時に、言いようのないうずきが下腹部の深淵からこみあげてくる。

夜空の下で、月明かりに照らされた躰の一番淫らな一部をさらにペンライトでくっきりと照らされて、惜しげもなくカメラにおさめられているのだ。

「は、あ、ううんっ」

目を閉じ、ゆっくりと秘裂に指をしのばせ、剝かれたハナビラを撫で上げたとき、「待て」と男が制した。

「オナニーをしますと言ってからにしろ」

「はああ」

ペンライトで太ももを叩かれ、美恵子は恥辱とせつなさの中で、そっと唇を開いた。

「オ、オナニーを、します」

「もっとはっきりと言え」

「ううっ、オナニーをします」

言ったとたんに秘芯がカッと熱くなり、全身が火のように燃え上がった。男の満足そうな含み笑いが羞恥を煽った。

唇を嚙みしめつつ、花弁にあてがわれた白い指先をクチュクチュとうごめかす。二本の指でハナビラを撫でころがすようにして揉みしだくと、反射的に肉芽がヒクヒクと脈打ちはじめた。

「あ、ああ、ああっ」

ペンライトの光の中で恥ずかしい局部をじっと観察されているのかと思うと、とても目を開ける気にはなれない。これはもう演技などではなかった。

淫らにも秘壺は濡れてくる。しずくに濡れて光りヌメっていた。

男の荒い吐息が腿の谷間に吹きかかる。

「あ、あう……うう」

蜜液が指に滴った。

「そこばかりじゃなくて、ここも触ってみろよ」

ハッとなって目を開けると、男が固くなったクリトリスにペンライトの先端を押しあてた。

「あ、あんっ」

子宮底にまでうずきが突き抜ける。

「もう片方の手でオッパイを揉め」

男は容赦なく要求を浴びせかけた。

言われるままにハナビラを撫でていた人差し指を肉芽に移すと、秘芯がビクンと脈打った。

「ああっ、あうっ」

呻きと共に陰核が熱くなり、多量の淫汁があふれでた。

大豆のように大きくなった肉の突起を指で撫でまわし、あらわになった白い乳房を片手で揉みしだく。次第に頭の中が真っ白になり、躰が宙に浮くような大津波が押しよせた。

「はあ、ああ、はああ……」

秘芯からあふれた蜜液が、ハナビラを撫でる指を伝わり、腿の付け根を濡らした。刺激をうけて秘水口もふくれあがり、尿意はますます抑えきれなくなった。

「うっ、ああっ、はあっ」

いまここでお漏らしをしてしまったらどんなに楽かわからないのに、美恵子は地獄のような排尿感に責め立てられた。せっぱつまった膀胱のうずきが膣ヒダから秘芯に伝わる。

「ああ、はぁ、ダメっ、あ、ああーんっ」

子宮底がキューンと痺れて、秘芯が大きく脈打った。

「う、イッたな」

男が卑猥な含み笑いをもらし、白い指先が絡みつく濡れた秘芯にペンライトを近づけた。そしていきなり蜜にまみれて赤らんだ秘唇を二本の指でグイと左右に押し広げた。

「見てみろ」

美恵子はアクメの余韻に躰を震わせ、うなだれた。

潤んだ瞳をせつなげにそこに向けると、淫靡な翳りにおおわれたピンクの秘肉の間から、白い液体があふれでていた。

開かれたハナビラの上部には、鳥の嘴のように尖った真珠色のクリトリスがいやらしくヌメ光っている。

しかもそれがライトに照らし出されて、まるで見てくださいといわんばかりにツンと隆起している。

「はあぁ……いや、見ないで……」

美恵子は羞恥の底に突き落とされて、身を震わせた。好きではない男に強いられながらも、絶頂にのぼりつめてしまった自分を恥じた。

さらにこうして何も抵抗できずに、恥辱に身悶えしている自分もみじめでならなかった。

なのに男は無情にもハナビラをめくりあげて、白く光った秘口にペンライトをクチュリとくいこませた。

「うっ」

美恵子は反射的にお尻を浮かせ、後ろに倒れないようにとM字に開いた冷えきった太ももを両手で支えた。

「くっ、オマンコの中まで丸見えだぜ、ふっ……」

恥辱の言葉に煽られながら、ペンライトの埋めこまれた秘芯をヒクヒクと収縮させる。

「うっ、またイキそうなのか」

男がニヤリと笑って、ゆっくりとヒダを掻きまわす。

「あっ、はあんっ」

目を閉じて腰を浮かせる。

「オマンコに指を入れてくださいと言え」

「はあ……オ、オマンコに……ああ、ゆ、指を入れてください……」

催眠術にでもかかったかのように、口から淫らな言葉がもれ出た。

「よし、では入れてやる」

男がペンライトを抜いて、今度はそこに中指と人差し指の二本を挿入した。

「ひっ、んんっ」

無骨な指をくわえこんだ秘口は一瞬、キュンとすぼまり、またジワッと熱くなった。

そのあと指はヒダを掻きまわしながら、抜き差しをはじめた。

クチュクチュという恥辱の音がする。

すべりがよくなる度に、二本の指はどんどんと奥へと吸いこまれていった。

「あ、んっ……あんんっ」

うわずった声を出す美恵子を舐めるような目で見つめて、

「どうだ、気持ちがいいだろ」

と男がささやく。

「はあっ」

「答えろっ！」

怒鳴りつけられて、美恵子はまたかすかに唇を開く。

「ああ……気持ちが、いい……はあっ……」

だがそれは吐息にかき消されて、とても声にはならない。

「なんだって？　もっと大きな声で言えっ」

男がさらに激しく指をピストンさせた。

「ひっ、はあっ……気持ちがいいですっ」

羞恥が脳天を突き抜けた。

「そうだろ。こんなにぐしょぐしょに濡れやがって……ふっ、もっと気持ちよくしてやろうか」

男が太ももを支えた美恵子の手を奪い、指先を開脚した腿の谷間の秘園に導いた。

「自分の指でクリクリをいじれ」

「はあっ、はああ……」

「早くしろ」

美恵子は震える指先をそっと肉芽に押しあて、ゆっくりと撫でまわした。

背筋がジーンとうずいて、男の指をくわえこんだ蜜口からしずくが滴った。

そのときスポスポと指を乱暴に抜き差しされ、淫汁にまみれたハナビラまでもが荒々しく揉みしだかれた。

指が秘水口に触れたとたんに、躰がビクンと震えて、嵐のような尿意が押し寄せた。

「あっ、あっ、ああっ」

肉ヒダが痙攣し、秘水口がきれた。

ヒダからは蜜液があふれ、ハナビラの上部にある小さな穴からチロリと生温かな小水がもれでた。

「くっ、うんんっ」

秘裂の奥から黄金色の滴が糸のように垂れて流れる。

「お、おまえ……」

男がハッとなってヒダから指を抜き、とっさに手のひらでしずくを受けとめた。

そして覆面を鼻の下までまくりあげて、こぼれ落ちた聖水を一気に口に運んだ。

「はっ、あ……や、やめて……」

お漏らしをしたショックと尿意からの解放感と羞恥心とが重なり、美恵子の頭の中は真っ白だった。

かつて冷たく突き放した男に、恥ずかしい小水を口にされている……あまりの衝撃に、ブルブルと唇を震わせることしかできない。

しかし、小水は噴水のように勢いをましてあふれでた。

男はなにかに衝かれたように、夢中で手のひらですくった飛沫を啜りあげる。

ズッ、ズズッ……という悪寒の走るような卑猥な音が聞こえた。

「くうっ」

美恵子は止められない放尿の勢いと解放感に、ガクガクと下半身を震わせた。

冷えきった外気の中にアンモニアの匂いがたちこめる。

稔にしか見せたことのない放尿シーンをもろに男の前にさらけだしたとき、がまんの糸が弾けて、ふっと気の遠くなる美恵子だった。

やがて放物線がすぼまりはじめる。それを男が舌を突きだし、必死で受けとめた。

「う……く……」

あまりの光景に、美恵子は身震いして熱い吐息をもらす。

（ああ、どうしてこんなことまでされなくちゃならないの、ああ、どうして……）

心の中で嘆きながらも秘芯はうずき、せつない快感が背筋から頭のてっぺんに走り抜けた。

ふと気づくと、肉芽に触れた指もぐっしょりと濡れていた。

するといきなり男が、小水にまみれた指までをしゃぶりあげた。

ハッとなってクリトリスから指を離すと、ヌメった男の舌がペロペロとハナビラを舐めあげ、陰裂にからみついてきた。

犬の舌のような動きに思わず腰を浮かせる。

「あはっ、あ、はあん」

男が顔を上げて、

「ふっ、お漏らしまでサービスした上に、そんな色っぽい声を出すなよ」

と舌なめずりをして言った。

「それとも、もっとしてほしいのか？　このいやらしいオマンコに俺のチンポをぶちこまれたいか？」

男が小水と蜜汁にまみれた唇を耳もとに近づけてささやく。

「ふふっ、チンポをぶちこんでくださいと言え。言うんだ」

美恵子は耳に響く卑猥な言葉に、秘芯を脈打たせた。

男が皮ジャンのポケットからキラリと光るナイフをのぞかせた。

それを見て、美恵子はわなわなと唇を震わせ、強いられた淫らな言葉を口にしていた。

「はあ……チ、チンポをぶちこんでください、ああ……」

激しい羞恥に駆られて、ますます息が荒くなる。

「ふっ、してほしいのか……。よし、両手で淫らなマンコを開いて、ケツを振りながら言ってみろ。そしたらぶちこんでやる」

「ああん、もう許して」

顔をそむけると、ナイフを鼻先に突きつけられた。

怖さのあまり両方の指で淫裂を左右に開き、白い双臀を前後にゆさぶると、男は口もとに満足そうな薄笑いを浮かべて、

「よし、ぶちこむまえにこれにしゃぶりつけ」とフェラチオを命じた。

ズボンと下着を下ろして、美恵子の顔をグイとそこに引き寄せる。

夫の後輩のペニスを口にするなど、思ってもいない屈辱だった。おまけに目の前に突きつけられた雄の猛りは想像以上の極太だった。

思わず息を飲みこみ目を閉じる。

鼻先に触れた肉棒からは生々しい匂いが漂っている。

「おい、早くしろっ」

「ああ……んぐ」

口に含んだ猛りは、夫のモノでも稔のモノでもない男の肉味がした。

いきなり抽送させると、「うっ、待て。まずは舌で撫でてからだ」と男がそれを口から抜いた。

指図されたとおり、鈴口に舌先を押しあて、上下に舐めてから円を描く。そのまま舌をカリ首まで這わせて裏筋を撫で下ろし、根もとから上、上から下にと愛撫し、睾丸まで唇に挟んでそっと揉んだ。

「ああ……どうだ、うまいか」

吐息を荒くして、男がつぶやく。

「うっ、答えろ」

「お、おいしい」

美恵子は硬直を口から離して、そう答えるしかなかった。

「亭主のモノとどっちがうまい？」

「あ、あなたの方が、おいしい」

「あなたのチンポと言え」

「あ、あなたのチンポの方がおいしい」

「あたりまえだ。他の男のなど比べモノにならないほどうまいに決まってる、そうだろ」

「そ、そうよ……」

「ならしゃぶらせてくださいと頭を下げてみろ」

とたんに頭を押さえつけられて、美恵子は蚊の鳴くような声で「しゃぶらせて、ください」と言った。

「聞こえないな」

顎をつかまれ、持ち上げられた。

美恵子を見下ろす男の口もとはほころび、薄笑ってはいても、目つきは真剣だった。稔のじらしのテクニックとはちがい、強引で荒々しかった。過去に冷たく突き放された女をとことん追いつめたこの瞬間こそが、彼にとっては勝利の快感のはずだからだ。

「ああ……あ、あ、しゃぶらせてくださいっ」

もう一度、声を大きくすると、男が白い息を吐いて言った。

「ようし、思いっきりしゃぶりあげろ」

美恵子は口を鯉のように貪欲に開いて、パクリと男根をくわえこんだ。

口の中で生きた魚みたいに硬直が跳ねる。

「う、んぐ……」

根もとまでのみこみ、ゆっくりと摩擦を繰り返すと、男の吐く息がさらに白くなった。

「うっ、ああ……あああ……」

目を閉じ、快感にうっとりと身をまかせる男の両腕はダラリと脇に垂れていた。

いまなら彼の躰を突き放すこともできる。しかし美恵子は口から硬直を離さなかった。夫にビデオを撮られているためもあるが、それだけではなかった。

彼女はいつしか彼を慰めてやりたいという聖母のような気分になっていた。過去に傷つけた獲物をいたわるように、やさしく心をこめて肉棒を舌で包みこんだ。そうすることが、美恵子自身への慰めにもつながった。口での愛撫は、気持がこめられてこそ最高のものとなるのだと思っていた。稔に対しての口淫もそうだった。

口でならいい。男を存分に感じさせてイカせてあげたい。愛情をこめて天国に導いてあげたい。美恵子の心はほんのりと熱くなっていた。

(そう、女の性器は顔にもあるのよ)

肉茎に舌を巻きつけ激しくピストンをし、根もとから一気に吸い上げたとき、

「う……ううっ、出る、出る、ああ、出るぞっ」

と男が腰を浮かせて、呻き声をあげた。

ところが吐精の瞬間を待つ美恵子の口から、いきなりペニスが抜かれた。

「立て……立つんだ」

要求に従った美恵子の足もとはふらつき、下半身は力が抜けたような状態だった。

その腰の抜けたような下半身を抱えて、男はフェンスの網に美恵子の顔と胸を押しつけた。

後ろからはだけたコートが脱がされ、ワンピースがまくりあげられる。

「いや、いやっ」

肉づきのいい白い尻肉の谷間に極太の肉棒があてがわれた。

「なにがいやなんだ。さっきぶちこんでほしいと言ったばかりだろ」

耳もとに吐息を吹きかけられて、寒さと同時に躰がブルッと震え上がった。

「いま入れてやるからな、もっと尻を突き出せ」

強引に犬のポーズを取らされた。

「もっと足を開いてケツを高くあげろ」

言われたとおりに足の幅を広げてお尻を突き出す美恵子は、ガクガクと全身を震わせた。

「そんなに緊張するな」

耳たぶに男の舌が這う。

「はあっ」

美恵子の口からも白い吐息がもれでた。

男はじらすように尻肉の谷間の菊のすぼまりに硬直をこすりつけながら、

「おとなしくしてな。そうしたら気持よくなれる。たっぷりとかわいがってやるからな」

と宥めすかすような声でささやいた。先刻とはちがい、やさしい口調だった。そして片手で乳房をわしづかみにして、激しく揉みしだいた。

「ああっ、あんっ」

美恵子が腰を浮かせた拍子に、極太の硬直がググッとくぼみにめりこんだ。

その衝撃に菊の蕾が脈打った。

「ううっ、いたい」

バックから一気に秘芯を突かれて、ハナビラがグイとめくれあがった。

それから、太い肉の柱を飲みこんだ肉ヒダはジワッと潤みはじめた。

「う、んんっ、はあ、許して……」

「へっ、ここは正直だな。もうぐっしょりと濡れてるぜ。ん？　気持いいのか、どうなんだ、答えろ」

「ああ……」

恥ずかしい質問をされる度に、秘芯がうずいてならない。

キラリと光るナイフが頬に近づく。

男がゆっくりと前後に腰を振り、抽送をはじめた。

「はあ、はあ……あ、ああっ」

美恵子は唇を嚙みしめ、男の為すがままに身を任せるしかなかった。

「どうなんだ、気持ちいいんだろ？　答えろよっ」

ナイフを鼻先に突きつけられて、

「うっ、ああ……気持ち、いい、です」

とかすれた声をもらす。

「そうだろ。たまにはこうやって犯されるのもいいもんだろうが」

男がより深く肉棒を押しこみながら、掻きまわして突く淫らな腰の動きをした。

「ああ、いい……あ、あ……あああぁ……」

美恵子の口からむせび泣くような呻きがもれる。

「はあっ、あったけぇ……オマンコん中は最高だぁ……おまえもか？　おい答えろよ」

ナイフの背でピタピタと頬を叩かれる。

「うっ、いい気持……」

そう言ったとたんに、ヒダに包まれた肉棒がふくらみをました。

「ああ、なんだか他人じゃないみたいだな」

美恵子はハッとなった。その言葉が心の中心に突きささり、ゆさぶりをかけた。

「ああ、オマンコの中、最高に気持ちいい……ああ、もうイキそうだ、うう」

直後、激しく子宮底を突かれ、乳房を揉まれて気を失いそうになる美恵子だった。

そしてふわりと躰が宙に舞い上がり、現実が遠くなったとき、男の肉の猛りだけが彼女の意識を支え続けた。

「ああっ、あああ……もうイク、ああ、わたしをイカせてっ、天国に突き上げてぇっ」

魂の奥から飛び出た本能の声だった。

薔薇色の恍惚感と共に、ヒダが痙攣をはじめていた。

その熱い快感の中で、男の息づく硬直がはちきれた。

内腿に生ぬるい白濁の液体がトロリとしたたり落ちた。

すると美恵子の秘芯から子宮底に、セックスの快感だけではないもうひとつの熱いうずきが突き抜けた。

アクメのあとも、なぜかせつなくて哀しい高ぶりの余韻が残った。

美恵子はまだ膣の内で躍動するヒクつく猛りを腿に力を入れてギュッと締めつけ、背筋をそらせて男の首を片腕で引き寄せ、唇を重ね合った。白い吐息がひとつになる。厚めの彼の唇はとても柔らかで温かな感触がした。思わず腰に触れた大きな手をそっと握りしめたが、その手が握り返されることはなかった。

第八章　視姦の悦び

美恵子がマンションにもどると、健治はまだ帰っていなかった。

全身がだるく力が抜けたような状態で、ようやくタクシーで帰ってきたものの、息をするのも苦しいほどだった。

晴香が心配して、自分の部屋から様子をうかがいに来たが「大丈夫だから」と安心させた。

「パパもすぐに帰ってくるわ」

「どうしていっしょに帰ってこなかったの?」と聞かれて一瞬、答えにつまったが、「ちょっと寄って行かなければならないご用があったの」とごまかした。

浴室に行き、衣服を脱いだ。とはいってもコートとワンピースの下につけていた下着はブラジャーのみだった。スリップは引き裂かれ、パンティーは田中の手に渡ったままだった。彼が逃げ去った後、美恵子はノーパンでタクシーに飛び乗ったのだ。

躰は脱力感にとらわれているのに、秘部はまだ熱が冷めてはいない。秘芯の奥に灼けついた痛みとうずきは消えていない。

素裸になり、頭からシャワーを浴びる。しずくにまじり、生温かな涙が頰を伝わった。言いようのない哀しさと、何かに目覚めて魂をゆさぶられたときの衝撃の涙だった。

（突かれたときのあの悦びは、演技なんかではなかった）

夫との馴れ合いの性交や稔との燃えるような情事とは別の、ただ野蛮で本能的な肉の悦びに覚醒させられた快感だった。

（ああ、これからどうすればいいの）

有紀子のようになりたくはないと思いながらも、反面、彼女の生き方が羨ましくもあった。ストレートで快活で行動的で、少ししたたかで……性に一途で破滅的な自分とはちがう。

（この躰のうずきを静めるために、わたしはいったいなにをすればいいというの）

たぶん行き着くところまで行かなければ、稔への未練も完全には断ち切れないだろう。

（わたしにできることは……）

知らないうちに乳房に手が触れていた。田中に吸われた乳首がうずく。お湯に濡れてしなだれたヘアの割れ目から、小水のように水滴がしたたり落ちている。やみくもに突かれた秘芯が熱い。自分から求めたわけではないのに、荒々しい愛撫やファックのヒトコマが脳裏から離れず、全身をほてらせた。

（ああ……おかしい。自分の中の何かが狂ってしまったわ。こんなことになるなんて……どうすればいいの）

ふと、稔との情事は本当に終わってしまったのかと思う。あんなに熱く燃えて、欲しくてたまらなかった彼との肉の感触が、美恵子の躰の内で別なものに生まれ変わろうとしている。姿形のない、あらたなひとつの性の欲望として……。

美恵子は両手で乳房を強く揉みしだき、片手を蜜園にしのばせた。

欲望に一途な若い男の指でいじられ、盲目の肉棒に突かれた肉薔薇は、新しい女の性の悦びに目覚めて咲き開こうとしている。ヒダに指をくいこませて荒々しくハナビラを揉むと、美恵子の躰はさなぎから蝶に変身したかのような淫らな解放感を覚えて、震え上がった。

帰宅した健治と顔を合わせたのは明け方だった。

彼がどこに行っていたのか、あのあと何をしていたのかはわからない。ただ美恵子の気持はすっきりしていた。本当なら（ひどいわ、あなた。あんなレイプまがいのことをさせ

て）と言い返していたところだが、

「お帰りなさい」

やさしくささやき、ベッドから下りて背広の上着を取り、ハンガーにかける。彼は求めてはこなかった。ワイシャツから自分のものではない香水の匂いが漂っている。覚えのある匂いだった。その瞬間、彼が誰と会っていたかを確信した。でも、美恵子はもう苦しまなかった。あとはお互いに無言のまま眠りに就いた。


三日後の夜、美恵子はシルバーのラメ入りミニスリットドレスを着て、黒のガーターベルトに黒の三角ビキニを身につけた。ブラジャーは乳首を隠すだけ、パンティーは恥丘の三角形をおおうだけの、布の切れはしのような下着だった。

そしてシースルーのスリップをまとう。これは以前、健治が夫婦生活の刺激のために買い揃えた下着のひとつだった。

黒の下着を身に付けたのは、親戚の葬儀に出席したとき以来のことだった。レイプされたお返しにこんな下着で田中を挑発するのも尋常ではない。

パープルのシャドウにワインレッドの口紅。やわらかなセミウェーブヘアを片手で搔きあげる鏡の中の美恵子の表情は生き生きとしていた。

あの夜、美恵子は健治が寝息をたてたあと、こっそりとハンガーに掛けた背広の内ポケットから手帳を取り出し、田中の携帯電話の番号をひかえた。その際、手帳にはさんであった風俗嬢らしき一枚の名刺に目が止まった。源氏名は「麗奈」とあった。

(ああ、まさか有紀子さんの……)

不安と期待を胸に、そっと名刺を抜き取った美恵子である。

家庭と妻という安住の場を捨て、風俗嬢に走った有紀子の気持ちがよくわからない。でもなにかしら興味深いものがあった。

夫が通いつめるほどの魅力がそこにあるのかしら、どんな所かしら……と美恵子の胸はさわいでならなかった。

翌日、勇気を出して田中の携帯に電話してみると、彼は驚いた様子で、しらじらしく

「ああ、奥さん。お元気ですか」と答えた。

「ええ、おかげさまでとても元気」

美恵子は平静を装い、言い返した。

「どうしたんですか、突然?」

「あなたの声が聞きたくなったの」

「えっ、またどうして?」

「わたしを一晩、夢中にさせた男の声と同じかどうか確かめるためによ」

その言葉に、受話器の向こうの男は黙りこくった。

「もしもし、聞いてる？」

「は、はい……」

あきらかに彼は動揺していた。覆面のときにはあんなに乱暴で強気だったくせに、いまはサラリーマン田中潤一の仮面をかぶっているためだ。

「実は今夜、飲みにお誘いしようと思っているの。来てくださるかしら」

「あ、あの……それは、ちょっと仕事が忙しくて」

「うふっ、主人には言っていないわ。だからないしょでこっそりと来てくださるかしら」

「でも……」

躊躇する彼に、美恵子はきわめつけの一言をつけ加えた。

「あなたのマラの味が忘れられないのよ」

言ってしまってから、頰がカッと熱くほてった。自分でも信じられないような淫語を口にしていた。だが、すでにさなぎから淫欲の蝶への変身を試みようとして、美恵子はあらたな欲望の世界に向けて羽根を広げていた。

「わ、わかりました。行きます」

田中は声を震わせて、ささやき返した。

待ち合わせの場所は、高層ホテルの最上階にあるスカイバーだった。硝子張りの窓の外には、星空とネオンに彩られた港の景色が広がっている。

ステージではシャンソン歌手が唄っていた。美恵子の前に田中があらわれたのは、約束の午後七時を三十分過ぎたころだった。

「お待たせしました」

軽くお辞儀をしてカウンターの隣りの席についた彼は、覆面男とは別人のようだった。オンザロックを注文したあと、気まずそうにカウンターの上に目をおとす。

「あら、今日は覆面はどうしたの？　なんならわたしのパンスト、いまここで脱いでお顔にかぶせてあげてもいいのよ」

美恵子も顔を合わせないでささやく。

「えっ、そ、そんな、悪いご冗談を……」

田中の頬が赤らんだ。

「いいのよ、もう演技しなくても。本当のことわかってるんだから、お互い素直になりましょう。その方が話が早いわ。べつにあなたをどうこうしようと思って呼んだんじゃないの。実は先日のこと許してあげるかわりに、ひとつお願いしたいことがあるの」

「えっ、許すって、なんのことですか？」

　ようやく彼が目を合わせた。

「ふっ、なかなかの役者ね。まだシラをきる気？　経過を知りたいの。頼んだのはうちの人でしょ？　わかってるでしょう。もうしらばっくれないでね」

　田中は「はあ……」と答えてロックを一気に口にした。それからうなだれて言った。

「すいません」

「いいの。責めてるんじゃないの」

「なぜですか」

「それは……この際、正直に告白するわ。わたしも感じてしまったからよ。だからあれは完全なレイプではないわ。わたしは、本当はあなたが思っているような貞淑な妻なんかじゃないのよ」

「本当ですか、信じられません」

「ええ……でもあとでわかるわ。とにかく信じて」

「わかりました……では奥さんを信じて、質問に答えます。そのぅ……間接的にはそうかもしれませんが、直接頼んできたのは女性でした」

「ええっ、誰？」

美恵子の脳裏に、有紀子の勝ち誇った顔が浮かび上がった。

「電話です。携帯にいきなりかかってきて、何時に佐野さんの奥さんがあの公園にやってくるから、それで、襲いかかってやってくれないか、もちろん報酬もちゃんと出すからと言われて……最初はなんのことだかわからず、ただのいたずら電話かと思いました。でもどういうわけか、そのあとデスクの上に、『電話の件、よろしく頼む』と書かれたメモが置かれてあって、よく見るとそれが先輩の字だったもので……すれ違いで社を出た先輩に直接、尋ねる時間も持てず、それでなんとなく半信半疑のままあの夜、電話で言われたとおり、ストッキングで覆面をしてナイフを持って公園に行ってみたんです。まさかとは思ったけれど、ちょっとした遊び心もありましたし。そしたら、まちがいなく奥さんがやって来て……それで思わずカッとなって飛びかかっていました。自分でもどうしてあんなに凶暴になれたのか、いまでもわからなくて……とんでもないことをしてしまって、許してください」

「そう。で、一度はその女性に会ったの？」

「は、はい……」

彼はうなだれ、口をつぐんだ。

「だいたい誰かは察しがついてるわ。でもひとつだけ聞いていていい？　あなたの目的はお金だったの？　それとも恨み？」

「どちらでもありません。いま言ったようになぜだかよくわからなくて。ましてや恨みだなんてめっそうもない。そりゃあ一度は悔しい思いをしたことはあるけれど……」

彼は声を震わせ、深々と頭を下げた。

「でも本当に取り返しのつかないことをしてしまいました。どうか警察だけは勘弁してください」

ナイフで脅していたときの男と同一人物とは思えない。だが美恵子は彼の二面性を知っていた。

内気で真面目なサラリーマンの顔を持つ一方で、夜中にバイクを暴走させたり、ベランダの下着を盗んだり、いたずら電話をかけたり、突然、狼に変貌して襲いかかったりするタイプである。

「訴えたりはしないわ。主人が首謀者だとしたら問題外でしょう。それより頼みたいことがあるの」

「なんですか？」

「今夜、わたしと行動を共にしてくれないかしら」

「えっ、でも娘さんは？」

「北海道にスキーに行ってるの。だから今日でないとダメなの」

美恵子はごくりと息を飲みこんで続けた。

「あの、もしかして、あなたが会ったっていうのは、この名刺の女性じゃないかしら」

健治の背広から抜き取った名刺を見せると、「はい」とうなずき返した。

「やっぱり。お店に行ったのね？」

「はい」

「そう。なら今夜わたしをそこに案内してほしいの。女ひとりじゃ入りにくいもの」

「本気ですか？」

「ええ、本気よ」

「待ってください。それはやめた方がいい」

「ちがうの。喧嘩を売りに行くのでも何でもないのよ。行けばわかるわ、お願い」

今度は美恵子の方が両手を合わせて頭を下げると、彼は「ふうっ」と大きなため息をついた。

「さっき言ったでしょう。わたしは貞淑な女なんかじゃないの。本当は……こういうことをできる女なのよ」

指先で伝票をはじいて床にすべり落とす。田中はそれを拾おうと反射的にチェアーの下に身をかがめた。

彼の頭の位置がちょうどいい具合とみて、美恵子は思いきって両腿を開き、ワンピースの裾を軽くパンティーラインまで持ち上げてみた。

黒の三角パンティーに彼の目が吸いつき、鼻息が荒くなるのがわかった。

そっと頰にふくらはぎをすり寄せる。

田中はガーターベルトの吊り金のまわりの白い柔肌を目で撫で、腿の谷間に吐息を吹きかけた。そして伝票を手に席に戻ると、すぐに太腿に手を伸ばしてきた。

さすられると同時に美恵子が彼の手を取り、腿の付け根に導いた。

そのままぎゅっと腿を閉じる。

「はあっ」

田中の口から熱いため息がもれた。

とっさに彼は大胆にもパンティーのくいこみに指を突っこみ、ヌルリとした秘肉を撫でたあといきなり恥毛をつかんで引っぱった。

「うっ」

美恵子が小さな声をもらすと、彼は指につまんだ陰毛を唇に押しあて、淫欲に燃えた目をして目の前で舌舐めずりをしてみせた。

「お礼にあとでじっくりと観賞していただくことにするわ」

美恵子は背筋をゾクゾクさせ、彼の耳もとでささやいた。


田中に案内されて、新宿にある店を訪ねたのは九時をまわっていた。カップルで麗奈のプレイを楽しみたいという口実で入り、待合室のソファに座った。美恵子の胸は、スワッピングのとき以上にさわいでいた。あたりを見まわし健治の姿がないのを確認した。

「こういうお店、よく来るの？」

「そんな金ないよ。でもそういわれてみれば……」

田中がささやいた。

「これまでもちょくちょく先輩の携帯電話に、彼女らしき女性から電話がかかってたみたいだな。俺、一度だけデスクに置かれていたのを自分のとまちがえて取っちゃったことあるんだ。そしたら『あたしよ。今夜は九時の予約で指名を入れておいたから』と聞こえてきて……」

美恵子の胸騒ぎがたかまった。夫は有紀子の肉奴隷にされているのかもしれない。そう思っただけで躰が震えた。

しばらくして、奥から有紀子らしき風俗嬢が顔を見せた。派手な化粧をしているために、素顔の有紀子とは別人に思えた。彼女にはいま母親としての有紀子と、麗奈としての有紀子のふたつの顔があるのだ。美恵子が主婦としての顔と娼婦の顔を持つように。

美恵子と田中の顔を見るなり、驚いた表情で、

「いったいなんのまねなの?」

すぐに両腕を組んで、ふたりを睨みつけた。黒い革のブラジャーとガーターベルトの衣装。踵の高いブーツも女王、麗奈には似合っていた。

「あの、プレイをしに来たんです」

美恵子も目をそらさずに、まっすぐに見つめ返した。

「プッ! ジョーダンでしょう」

麗奈が笑って、顎で「帰って」という素振りをみせた。

「いえ、本気です。今夜はお客として来ているつもりです。お金だってちゃんと払っているし……だからプレイをお願いします」

期待に胸をはずませる美恵子を前に、麗奈は目を細めて「ふーん」と答えた。そしてじっと彼女の目を見据えてから、「いいわ、入って」と顎で指図し、廊下の一番端にある部屋へ案内した。

中の光景を目にするなり、美恵子の躰はこわばった。

鞭に鎖、手錠、足枷、開脚台、滑車などが異様な雰囲気をかもしだしている。

躰の震えがとまらない美恵子に、麗奈が尋ねた。

「で、どういうコースをお望み？　本格ＳＭ？　それともソフトＳＭ？　どんなプレイをやりたいの？」

「お、俺……Ｍはちょっと」

田中が即座に答えた。

「ふふっ、あなたは見るからに頑丈そうだもの。縛られるより縛る側にピッタシよ。でもどうしてまた彼女の道連れになんかなったりしたの？」

「わたしが誘ったの。ひとりでここに来るのが心細かったから」

美恵子が小さな声で口をはさんだ。

「へえ、飛んで火に入る夏の虫とはこういうことかしら。それで奥様の希望のコースはなあに？」

「その……わたし一度、スポットライトを浴びて、不特定多数の男の人の前で淫らな蝶になって目で犯されてみたいんです……主人が自分の撮ったビデオを見て興奮するのと同じように、わたしは逆に見せることで同じような快感を味わいたいの」

答えただけで全身が熱くなった。

野外で恥ずかしい秘部をペンライトで照らされたときの快感が躰の奥にしみついて離れない。

「ふうん、おもしろい夫婦だこと。こんな偶然はめずらしいわ」

麗奈が冷笑を浮かべて「でもお似合いだわね」と言った。

「わかったわ。じゃあお望みどおりのプレイをしてあげるわ。ただし、女王様の言うことには絶対に服従よ。それができなきゃおもしろくならないでしょ」

「わかりました。今日はそれを覚悟で来たの。そう、女王、麗奈様に服従を誓うわ」

「なら、こっちにいらっしゃい」

麗奈がふたりを壁に設置された秘密の通路からもうひとつの部屋に案内した。

その部屋に入るなり、いきなり目にした光景に美恵子は気絶しそうになった。

なんと健治が素裸で長椅子の拘束具に手足を固定されて、唯一自由になる片手で必死にペニスをしごき続けていたのだ。これが本当に夫なのかと自分の目を疑うような姿だった。

目の前の大型テレビの画面には、彼が撮った妻の淫らな映像がアップで写し出されているではないか。

麗奈が言った偶然とはこういうことだった。

「驚いたでしょ。でも言っとくけど、あたしが無理にこうさせたわけじゃないのよ。これがあなたのご主人の希望のコースなのよ。商売ですもの、頼まれたらやらないわけにはいかないでしょ。でも安心なさい。この人が見て興奮するのは奥様のビデオだけなのよ。あなたって本当に愛されてるのねぇ」

そう言いながら麗奈は健治の前に立ちふさがった。

「こら、ビデオから目をそらしちゃダメって言ってるでしょ。ほらほら、もっときつくしごいてごらん！」

「うっ、うっ、ううっ」

夫は、田中と美恵子の存在にも気づかぬくらいにひたすらオナニープレイに夢中になっていた。

（ああ！　なんてことなの！）

美恵子はめまいに襲われた。だが麗奈の言葉ですぐに悪夢のような現実にひきもどされた。

「彼もあなたの観客のひとりよ。それなら文句ないでしょ」

それから麗奈はふたりにここで待つように命令して、また秘密の通路を通って外へ出ていった。そして、数分もたたないうちに、首輪をつけた三人の隷従男を引っぱってきた。

彼女は四人の客を同時に扱っていたのだ。

男たちは田中を除いて、みな鎖のついた首輪をつけられ、ショーを見ながら自慰行為を強いられることになった。

「さぁ、これから淫らな奥様のストリップショーのはじまりよ！　いいこと、観客となったあなたたちは思いっきり目を見開いて、じっくりと観賞するのよ。もちろん自由になるのは片手だけ。それで思いっきり自分のモノをおしごき！」

美恵子は部屋の中央の丸い小ステージの上に立たされた。

麗奈の手には鞭と懐中電灯が握られていた。

もう逃げることはできない。男たちの淫らな視線を浴びながら、夫を悦ばせるチャンスだった。

（ああ……アソコがたまらなく熱い。ああもうダメ、あなたぁ、わたし脱ぐわ。きっとあなたを興奮させてみせるわ）

鞭が振りおろされるのを合図に、まず黒のスリットワンピースを脱ぐように命じられて、脚を揃え、脇のファスナーをはずしてそっと床にすべり落とした。

目の前には椅子に拘束された健治が、恍惚としている。ステージに立つ女が妻であることはわかっているようだ。

「どう、自分の撮ったビデオで興奮するんですもの。奥様のストリップショーを観賞しながら射精できるなんて、どんなにすごいことかわかるでしょ」

麗奈が健治に声をかけると、彼は「おおっ」と呻き、うなずき返した。

ワンピースの次はスケスケのシースルーのスリップ、ブラジャー、三角パンティー、ガーターの順だったが、それらを簡単に脱ぐわけにはいかなかった。

麗奈がストリップショーらしく、ときおり恥ずかしいポーズを強いてくるからだ。

スリップ一枚になると「両手を頭の後ろに置いて脇の下をお見せ」とか、「もっと背筋をそらせて」と文句をつけられる。

「そのまま脚をガバッと開いて」と言われれば、否応なしにスリップの下の三角パンティーがさらされることになる。不思議なことに男たちに直接、触られなくても、目で犯されているという快感にパンティーの底がしっとりと濡れてくる。そしてそこがお湿りするまで、女王はけっして次のポーズを要求しなかった。

懐中電灯で淫水がパンティーの股布に染み渡るのをじっくりと確認して、「濡れてるじゃないの」「まったくいやらしい雌猫ねぇ」などとさんざん言葉でなじってから、次のポーズを強いてくる。

「後ろを向いて、四つん這いにおなり」の命令でお尻を観客席に突き出す。

「その格好のままパンティーをお脱ぎ」との言葉に、片手で両サイドの紐をときパンティーを剥ぐと、ガーターに飾られた白くて丸いお尻とむっちりした太ももの谷間の淫靡な部分が丸出しになる。懐中電灯に照らされたそこはすでに蜜のつゆに光っていた。

（ああ、いや、濡れちゃう、恥ずかしいっ）

と思う反面、（ああもっと見て、目で犯して）と躰が叫んでいる。

「脚をもっとお開き！」

尻肉を打たれて両腿を広げると、菊の蕾までがヒクヒクとうずきはじめた。

「お尻を振るのよ！　円を描くようになやましく」と命じられて応えると、自然に腕に力が入り、背筋が反りかえって顎が上を向いた。

上半身はスリップとブラをつけたままなので、よけいに羞恥がふくらんだ。

その恰好でステージ上をぐるりと一回転させられて、口を開け舌を突き出す。

「おしゃぶりするのよ」の言葉で、目の前の男たちの猛りを物欲しそうに見つめながら、腰振りを強要される。

（ああ、ダメ、濡れすぎちゃう、ああ、入れて、入れてぇ）

大胆にお尻をゆさぶると、肉棒の挿入を待ちかねてか、秘口に蜜汁があふれでた。

次に、床にお尻をついて開脚を命じられた。男たちの舐めるような視線がそこを這う。

「もっと奥までよーく見えるように、指先でハナビラをめくりあげてごらんなさいよ。子宮底が見えるくらいにめいっぱいによ」

さすがにこれには悶えずにはいられなかった。スポットライトの下で、両手の四本の指先が花弁の間にくいこむときに呻き、秘口をこじ開けるようにしてぱっくりと口を開けばまた喘ぎ、愛液がトロトロとピンクのヒダの内からしたたり落ちた。

（ああ、恥ずかしいっ、いや、見ないで）と（もっと、もっと見て犯して！）の叫びが頭の中で交錯する。

麗奈が卑猥な部分に懐中電灯の光をあて、そんな美恵子の淫欲を煽り立てた。

「ふふっ、ピンクのお肉がのぞいて見えるわ。とてもいやらしくていい眺めだこと」

辱められると、また一気に快感がふくれあがる。目を閉じてはいけないので、なおさらだった。

躰の芯が燃えるように熱くて息苦しい。

五分くらい同じ状態が続き、「ああ……ああ……」という呻き声がたえまなくもれた。するといきなり片方の乳房だけをあらわにするように言われて、ブラをずらすと、白い肉のゴムまりがひとつだけポロンとこぼれ落ちた。

「揉みたくてがまんできないのね」

うなずくとそのポーズでオナニーを強いられる。

片手で乳房を揉みしだき、もう片方の指でハナビラをこねまわし、肉芽を突き、秘芯に深く指をくいこませる。

「ああっ、ああっ」

抜き差しの度に愛液とヒダの摩擦音が聞こえて、さらに絶頂感に突き上げられた。

もう男たちの反応をうかがっている余裕はなかった。

「あ、あ、ああ、イキそう……」

あまりの陶酔感に、花芯だけではなく唇の端からも唾液の汁がしたたり落ちていた。

「あっ、ああもう、もうダメぇ、イクぅ」

「ストップ！」

膣がヒクつく直前に股間に鞭を振りおろして、非情にも指の動きを止められた。

鞭で飛び散った愛液が内腿をぐしょ濡れに濡らす。

「そんなに簡単にイカせてはあげないわ。さぁ、両手で膝を抱えて、足を浮かせてごらん！」

ピシャリと叩かれた腕を両膝の下にまわすと、爪先が床から宙に浮いた。

「どう、イキたくてもイケない哀しいお顔をじっくりとみんなに見せてあげるのよ」

シースルーのスリップから白い乳房があらわになり、M字に開いた股の間の淫靡な秘部からは淫水があふれ出ている。

指を抜いても秘芯はまだ熱いうずきに駆られてヒクつき、肉芽は膨張して絶頂の瞬間を待ちわびている。

「あっ、あああっ、ああ……い、入れてぇ」

無意識のうちにそんな啜り泣きの声がもれた。

躰に触れられず、なにもされずにただ眺められるだけという視姦の快感は、実際のセックスとはまたちがう強烈な刺激をもたらす。

躰の奥底で欲望の炎を燃やしながらも、燃焼しきれずにじらされる快感とでもいうべきか。

視線を投げかける側の興奮も、受ける側の興奮もかなりのものだった。

「いやだわ。まだなにもしていないのにおつゆがあふれて止まらないじゃないの、ふふっ、ふふふっ」

さらに言葉責めによる快感が加わり、蜜壺をかきむしられるような激しいうずきに襲われる美恵子だった。

「ねぇ、ここはなあに？」

鞭の先で秘芯を突かれて、肉芽をじわじわとこねまわされる。

おのずと恥ずかしい四文字が口からもれ出た。

「オ、オマンコ……」

「ここになにがほしいの、言ってごらん」

ピタピタと秘肉を叩かれて、

「オ、オチンチン」と小さな声で答える。

「聞こえないわ」

ズブッと鞭が秘口に押しこまれる。

「あっ、ああーっ、入れてっ、オチンチンを入れてーっ」

淫辱に煽られ、恥ずかしい言葉が口から飛び出した。

「ふふっ、なんて卑猥なお言葉」

麗奈が嘲笑う。

「ああ、ああ、入れて、入れて……」

それでも美恵子は訴え続けた。

そのとき、田中がいきなりステージに上がってきた。

「こんなの見せつけられたらたまんねぇよ！　俺のをぶちこんでやる！」

「待ちなさいっ」

麗奈がそれを制止する。

「もう少しがまんして」

そう言って素早く美恵子のブラを剝ぎ、乳房をふたつあらわにして乳首の先を鞭で叩いた。

「あっ、ううっ」

三日月の眉を歪ませた美恵子は、お尻だけで全身を支えているダルマのような格好で喘いだ。

田中のズボンから突き出た極太ペニスが目の前にあった。

（ああ！ ちょうだい、早く！）

美恵子は我を忘れて心の中で叫んでいた。

田中のペニスが待ち遠しい。自分でも信じられないことだが、事実だった。

「オチンチンの前に大きく口を開けて舌をお出し！」

必死で舌を動かすと、涎がしたたり落ちた。

「いいわ、まずはお口からよ」

麗奈が田中に目配せすると、彼は「ほらっ、くれてやるぞ！」と言って、肉棒を美恵子の口の中に突っこんだ。口中に生臭い肉の匂いが漂った。

美恵子は夢中でしゃぶりあげた。両手で股間を広げ、恥ずかしい秘園を全開しながら、蜜汁をしたたらせ、涎を垂らしてひたすらむさぼった。

「うっ、すげえ、すげえ！」

田中の腰が抜けるほどのフェラチオぶりだった。

「おっ、おっ、おっ……ああ、だめだ、イキそうだ、う、ううっ、ああ出るっ！」

田中が大きく腰を前後に振って肉棒を抜き出すと、ビュビュッと白い精液が飛び出し、美恵子の顔面に噴きかかった。


ステージの上で、ストリップどころか淫乱ショーまで披露させられた美恵子は、今度は全裸にされて、開脚台の上に拘束されていた。

ステージ同様、観客たちは周囲に集められて、スポットライトに照らされた陰部を眺めながら自らのモノをしごくことを強いられた。

美恵子は両手を開脚台に備えつけた枷に固定され、足も枷で大きく左右に開かれている。さんざんじらされたあげくに、蜜に濡れそぼつ谷間を麗奈にのぞきこまれて、「これからが本格的なプレイよ」とそこに唾が吐きかけられた。

そしていきなり秘芯に指が突っこまれて、ズブズブと抜き差しが繰り返された。

「あっ、ああーっ、イ、イクぅーっ」

ヒダが痺れて、あっと言う間に一度目のアクメがおとずれた。

そこに麗奈の鞭と叱咤が飛ぶ。

「この雌犬！　女王のお許しなしにイッたわね、お仕置きよ！　あなたには三角パンティーなんかより、もっとお似合いの衣装があるのよ」

そう言われて無理やり腰に付けられたのは、ふんどしのような赤い布きれだった。それも前に布が垂れ下がっているだけのもので、下腹部の上にまくり上げられると、おおうもののない陰部が丸出しになった。

両方の乳首にはクリップの責め具をはさまれ、二枚のローズピンクのハナビラも同じようにクリップで閉じられ、肉芽だけを羽根のようなもので軽く撫でられた。

するとたったいま絶頂を迎えたばかりだというのに、また一瞬のうちに固くなった肉豆の奥からジワーッと快感のうずきがわき上がり、子宮底を熱くさせた。

「ああっ、ダメ、いや、あ、あ、もう一回イカせて、許してぇ」

「お黙り！」

麗奈に思いきり腿をつねられて内腿を小刻みに痙攣させると、

「今度、女王のお許しなしにイッたら容赦しないわよ」

とクリップではさまれたハナビラと乳首をグイと引っぱり上げられた。

「ひっ」

とたんに絶頂に突き上げられそうになったが、美恵子は必死にこらえた。

「あ、あ、ああ……イカせて、お願いっ」

ハナビラが引きちぎれるかと思うほどの責めだった。しかし羽根筆で撫でられた肉芽は勃起し、あまりの快感に痛みすら忘れて、彼女は身悶え、そして呻いた。

親指の先で充血したクリトリスをピンとはじかれると、がまんも限界に達して、多量の蜜液が膣内にあふれた。

しかし、ハナビラを閉じられているために最後までイクことができない。

「ああ、お願い、お願いっ」

涙で瞳を潤ませる美恵子の頬にまた平手の一撃が飛んだ。

「甘ったれるんじゃないわよ。どこをどうされたいのかちゃんと言ってごらんっ」

「ああっ、オマンコを開けて、指を入れてほしいっ」

「あら、欲しいのはオチンチンじゃなかったのぅ？」

「ああっ、オチンチンも指も両方入れてっ、ああ、ああ、早くぅ」

「まったくいやらしくて欲張りなオマンコねぇ、仕方がないわ、取ってあげるわ」

クリップが外されるとすぐに、厚みを帯びたハナビラの間から淫汁がトローッと流れ出た。

「ふふっ、なかはまるで洪水状態ね」

「あ、あ、指を、指を入れてっ」

「入れてあげるわ、ほらっ」

乳房を激しく揉まれて、もう片方の三本の指で秘芯をズブリと一気に突かれた。

「あうっ！ あうーっ」

衝撃で蜜汁が飛び散り、ヒダが脈打ち痙攣をはじめるのに一分とかからなかった。半開きになった唇から唾液がしたたり、躰がガクガクと震えて止まらなくなった。

やがて美恵子は開脚台から下ろされ、二度目のお仕置きを受けることになった。

赤いふんどしを着けたままの格好で、ステージの上に犬のように四つん這いになることを強いられ、勃起した田中の怒張に犯されたのだ。

赤い布きれと白い双臀がゆさゆさと揺さぶられる様は、卑猥でも美しくエロチックな雰囲気をあふれさせた。

「あーっ、あーっ！」

同時に麗奈へのクンニを命じられて、舌先を濃いめのヘアの淫裂に突き出し、蜜汁を啜らされた。

舌先に甘ずっぱい蜜の味を染みこませて夢中で口奉仕をほどこし、秘口を肉棒で突きまくられた美恵子は喘ぎ悶えながらついに四度目の絶頂に達してしまった。

「ああーっ、イクーっ！」

それを見ている観客たちも歓喜とも悲鳴ともつかない美恵子の嬌声に躰の芯を震わせ、興奮のあまり何度、射精したかもわからないほどだった。

皮肉な運命とはこういうことを言うのだろうか。もとはどこにでもいるごく普通の平凡な主婦だったふたりが、S女とM女の関係になり、観客たちの前でレズビアンショーを披露するなどとは、美恵子は夢にも思わなかった。

内容も彩実とのレズの戯れのように甘くソフトではない。

麗奈になった有紀子の躰の内には、もとから女王としての威厳と征服欲のような気質が隠れ潜んでいたのかもしれない。

稔が美恵子に好意を持っていることがわかったとき、美恵子に対して嫉妬の感情がわき上がらないはずがなかった。

プレイの最中にも美恵子は肌でそれを感じた。だから凄まじかったし、美恵子も打たれる淫辱の悦びを味わった。

プレイのあと、有紀子は麗奈の仮面を剝いでこう言った。

「失ったものを取り返すことはできなくても、別な形で奪うことはできるわ。だから最初はあなたのご主人を奪うつもりだったわ。わたしが味わったと同じ侮辱をあなたに知ってもらうためによ。でもね、相手にはそんな気がないってわかったの。ご主人はセックスレスであってもあなたをセックスの対象にしているかわいそうな男よ。あたしに求めてくるのはその助っ人のみ。刺激だけよ。だからお仕事だと割りきっていろいろとご協力させてもらったわ。お店にも足を運んでくださるし、チップもいただいたし……」

美恵子はつぶやいた。

「わたしにはなにもわからないの。きっと男の人の扱い方が下手なのね。夫を手のひらの内でうまく操ることさえできないんですもの」

「でもあなたにはM女の素質があってよ。ね、どう、あたしといっしょにここで働いてみない？」

誘われた美恵子は一瞬、恥ずかしそうに頰を赤らめ、首を横に振った。

確かにここは別世界で、昼間の顔を捨て、別な仮面で装うだけの放恣な雰囲気に満ちあふれている。

それに酔いしれるのは男も女も同じかもしれない。

淫の香りに酔い、淫の音に酔い、淫の雰囲気に酔う。現実とは別の扉の向こうに広がる果てしなき肉欲の世界だった。

いったん悦楽の虜になれば、健治がヤミツキになるのも無理はなかった。

だが、皮肉にも美恵子にはもうひとつ愛着を感じてならない世界があった。

窓から差しこむ朝の陽光に澄んだ空気、ベランダを飾る花や観葉植物、家事や仕事の合間のホッとしたやすらぎのティータイム、夜の憩いのひととき……そういった平凡でなにげない幸せこそ、一度失えば容易く手に入るものではないだろう。

家にもどると、ふたりは暗黙の了解で夫と妻の顔にもどり、何事もなかったかのように振るまった。

そうしなければとてもいられなかった。

そして晴香の前ではよき親となり、夫は職場に、妻は家事やパートに向けて、日常生活の歯車をまわし続けた。

過激な風俗体験から三ケ月後。佐野家は突然、引っ越しすることになった。健治の地方への転勤をきっかけに別のマンションを購入する運びとなったためだ。

それは晴香が年頃になり性に敏感になったことも含めて、夫婦には淫蕩な秘め事から目を覚ますちょうどいい機会でもあった。

新しいマイホームに新しい環境。

美恵子はそこで夫と娘と三人での平穏な生活に落ち着けるだろうことを祈った。

引っ越しから三ケ月後。有紀子からの便りで稔が再婚したことを知らされた。

相手はやはり彩実らしかった。

美恵子の気持ちは複雑だった。

彼との情事の関係は失せても、結局、躰に染みついた官能の熱い思いは消えはしなかったということか。

過去のことではあっても、いまもなお思い出すたびに蜜園が淫水でぐしょ濡れになってしまう。

だからその欲望がまたふくれあがらぬうちに指や秘具で癒し、妻や母としてのささやかな暮らしを送りはじめていた美恵子であった。

ところがそんな矢先にある日、稔から絵ハガキが届いた。

新婚旅行先のパリから出されたエアメールだった。

〈お元気ですか。私達も平穏な日々を過ごしております。

突然ですが、日本にもどったら一度お会いできないかと思っています。男と女はハーモニーと同じ。いま私達の和音には大切なひとつの音が欠けているような気がしてなりません。愛は不変なものではありませんが、いっとき私があなたの肉体に溺れたあの性愛こそ、素晴らしい生の輝きの一瞬でもありました。たとえ気持ちは冷めても股間のうずきは変わらず、妻もまたあなたとのベッドでの再会を心待ちにしております。よきお返事をお待ち申し上げます〉

その刺激的な誘い言葉に胸を躍らせ、美恵子は、はじめて彼がどういう男であるかを知った気がした。

（了）

あとがき

官能ものを書いていると、あなたってすごくエッチが好きなんじゃないの、とか聞かれるのですが、わたしは恋もするし失恋もするごく普通の女です。ただ書く悦びは別物ですよね。

どんなにすました女性の心の奥底にも、多少の淫ら願望は潜んでいると思います。そして現実にそれを表に出せる人などいないでしょう。そんな女性の秘められた欲望の一途さ、魔性の情愛を主人公・美恵子に託して描いてみました。

作品を介して、非日常的な刺激と興奮を読者の皆様とわかち合えたら最高です。これからもよろしくお願いいたします。

それから、お世話になりました編集部の皆様と挿絵を描いてくださいました敬愛する星恵美子氏に心よりお礼と感謝を申し上げます。

まどかゆき

この作品は本文庫が初出です。

kawade bunko

性の秘本スペシャル②
淫《みだ》ら妻《づま》恥辱《ちじょく》の調教《ちょうきょう》

著者　まどかゆき

二〇〇二年三月一〇日　初版印刷
二〇〇二年三月二〇日　初版発行

発行者　若森繁男
発行所　河出書房新社
東京都渋谷区千駄ヶ谷二－三二－二
☎〇三－三四〇四－八六一一（編集）
〇三－三四〇四－一二〇一（営業）
http://www.kawade.co.jp/

デザイン　粟津潔

本文組版　KAWADE DTP WORKS
印刷・製本　中央精版印刷株式会社

定価はカバーに表示してあります。
落丁本・乱丁本はおとりかえいたします。

ISBN4-309-47430-6

緊縛の美・緊縛の悦楽

濡木痴夢男　47380-6

激しく美しくドラマチックな衝撃の緊縛写真150点と、緊縛に魅せられた女性の、縄を恋い、縄に酔う感性と心情のすべてをさらけだした大胆な告白を中心に、緊縛の第一人者がその醍醐味を明かす待望の書。

実録 縛りと責め

濡木痴夢男　47416-0

裸にされて縛られ、仰向けになった男の腰をまたぐと、最高に興奮するという女。後ろ手に縛られ、テゴメにされていると夢想すると、頭の芯までボーッとしてくる女。縛られて、責められて、激しく感じる女たち！

世紀末・性のワンダーランド　日本の超変態系性現象

矢切隆之　47348-2

フェティ、ＳＭ、同性愛、近親相姦、ロリコン、鬼畜、フィギュア、痴漢、ピアッシング、性転換、スワッピングなど、百花繚乱の性現象・性風俗を幅広く採集し、世紀末ニッポンの性現象を俯瞰する。

性技実践講座

“セックスメート”山村不二夫　47384-9

“セックスメート”の名で知られる実践的な性科学者であり、正式な資格をもつセックスカウンセラーである著者が、誰でも簡単にでき、すぐに役立つ性技の数々をわかりやすく解説した〈性のバイブル〉。

痴態覗き悦楽記

山本さむ　47391-1

追い払うことも仲良くすることもできない男が、オレの六畳で暮らしている……。二人の男の短い共同生活を奇跡的なまでのみずみずしさで描き、たちまちベストセラーとなった第34回文藝賞受賞作！

性の秘本スペシャル①　人妻熟女悦虐の宴

砂戸増造　47420-9

被虐を求め、淫虐を誘い、マゾ牝の本性をあらわして悦虐に悶え狂う奈津子と香絵。“私”に嗜虐の快感と熟れた女性の美味を教えてくれた二人の美貌の人妻の悦楽の軌跡を描く極上・究極のＳＡＤＯワールド！